rote taschenbücher • band 6

verlag wiljo heinen

Manfred Hocke

wurde 1933 in Breslau geboren, im – wie es heute heißt – »Prekariatsmillieu«.

1945 Flucht aus Breslau (»Mit Müh' und Not«), Grundschulabschluß 1948 in einem Dorf in der Lausitz, Abitur in Bischofswerda im Jahre 1952.

Ein Studium der Slawistik schloß er 1956 mit dem »Dipl. phil.« an der Humboldt-Universität in Berlin ab, danach ein Zweitstudium der Theaterwissenschaft, Publizistik und Romanistik – zunächst an der Humboldt-Universität, dann an der Freien Universität Berlin (West).

Erstes Theaterengagement am Theater Senftenberg 1959/60, dann Arbeit an der Volksbühne Berlin, im Henschel-Verlag Kunst und Gesellschaft, am Berliner Ensemble. Er übersetzte zahlreiche Theaterstücke aus »diversen Sprachen«.

Von 1971 bis 1990 arbeitete er beim VEB DEFA-Studio für Spielfilme, er betreute ein Dutzend Filme als Entwicklungsdramaturg.

1990 wurde er im Alter von 56 Jahren nach 18 Jahren DEFA-Zugehörigkeit »abgewickelt«.

Seit dieser Zeit publiziert er in Zeitungen und Zeitschriften, u. a. »Archie«-Geschichten.

Manfred Hocke

Heimatsüchtig

2009 • Verlag Wiljo Heinen, Berlin

Von Breslau über Bautzen nach Berlin

[Erzählung]

Es war, als wollte die unendliche Straße, die aus hunderttausenden von kleinen uneben ineinanderfügten Steinen bestand, kein absehbares Ende nehmen. Die sechs Kilometer, die er zu laufen hatte, versuchte er auf seine Weise aufzuteilen, um die Langeweile des Gehens erträglicher zu machen: Er versuchte die sechs Kilometer hin zur Stadt B. rechts von der Straße in die Landschaft zu sehen, um sich die linke Seite für den Rückweg aufzuheben Aber er hielt das nicht durch --zwölf Kilometer mit rechtsgedrehtem Kopf-- und außerdem wurde die Gesamtstrecke dadurch auch nicht kürzer. Die Straße würde jetzt eine Zeitlang schnurgerade nach vorn zeigen, um dann hinter dem Wäldchen seitwärts flach abzufallen, wie in eine Schüssel hinein. Am tiefsten Punkt standen rechts und links des steinernen Mosaikbandes, das dermaleinst von Sträflingen in die Landschaft hineingeklopft worden war, zwei Häuser, die ihm Furcht einflößten. Sie waren unterhalb aus Stein, oberhalb aus schwarzem Holz gebaut mit Dächern, die wie schwarze Hauben draufsaßen, mit einem Band aus grünlich bemoostem Schiefer. Sie blinzelten sich aus blinden Fensterscheiben unheilvoll zu, ganz gleich wie hoch die Sonne stand. Er war immer froh, wenn er zwischen ihnen durch war, zumal sich nie eine Menschenseele blicken ließ. Einmal hatte er sich selbst auf die Probe stellen wollen, war auf die Milchrampe geklettert, die dicht am Haus rechts stand, um sich bemerkbar zu machen. Nachdem er so eine Weile gestanden hatte, versuchte er durch die verdreckten Scheiben ins Innere zu spähen, und als die Beklommenheit allmählich geringer wurde, fiel ihm ein Sprichwort seiner schlesischen Großmutter ein, die an einer Pilzvergiftung gestorben war, als er sechs Jahre alt war. Obwohl dieser Tod auch schon sechs Jahre her war, ging ihm diese Wendung wieder durch den Sinn. -Da kannst du warten, bis der Eule der Arsch blüht- pflegte sie zu sagen, wenn sie eine Sache für aussichtslos hielt. Er hatte das manchmal so nachgeplappert und sich als Großstadtkind weiter keine Gedanken darüber gemacht. – Die Großmutter lag damals bei hochsommerlicher Hitze im Bett, zugedeckt bis zum Hals, die Spiegel waren verhängt, die Gardinen wehten aus dem geöffneten Fenster – und draußen quietschten die Rangierlokomotiven vom Odertorbahnhof vorbei. – Da war ihm das

Sprichwort auch eingefallen. – Das Bild dieses Zimmers und die Geräusche hatten sich in sein Gedächtnis eingegraben; ätzender als die vielen anderen Toten, die er noch sehen sollte, als der Krieg auf das Land zurückfiel. Und trotzdem machte er immer einen großen Bogen um die Stelle, wo die verwesende Katze im Straßengraben lag entlang seiner Wegstrecke. Er stand immer noch auf der Rampe, als ihn eine krächzende Stimme über ihm erschreckte und ihn beinahe die Balance verlieren ließ. -Da kommt der Verrückte wieder den Lehm drüber nunter- Noch nie hatte er in dem Haus ein menschliches Wesen wahrnehmen können. Er mußte sich an dem morschen Holzgerüst festhalten. Als er sich umdrehte, befand sich sein Gesicht fast unmittelbar vor dem Gesicht einer hageren alten Frau, die nachsichtig und greisenhaft kicherte, mit einem Blick, der ins Leere zu äugen schien und einer enganliegenden, grünen Badekappe auf dem Kopf. -Mir tun bloß die Viecher leid- sagte sie dicht vor ihm, ohne ihn wahrzunehmen. Dann schloß sich das Fenster, ohne daß er hätte sagen können, daß sie es war, die es tat. – Am oberen Rande der Mulde, über die die Straße wie eine graugescheckte Schlange kroch, tauchten Pferdeköpfe auf, erst zwei, dann übereinandergesetzt – vier. Ein Vierspänner kam herangeklappert, die Zossen in vollem Galopp, Nüstern gebläht, Mäuler aufgerissen, eine ehemalige Gutskalesche mit offenem Verdeck, hin- und herschleudernd, – darauf stehend ein Mann, schwankend, schreiend, die Pferde antreibend, in einer Hand die Zügel, in der anderen eine Flasche haltend, die Haare wirr im Gesicht, offenes Hemd über breiten Schultern. Als das Gefährt spukhaft an ihm vorbei stob, mit wild donnerndem und ratterndem Geräusch, das ihn ängstigte, sah er, daß der Mann militärische Bekleidung trug, von der Taille abwärts, breite Gürtelschnalle, Reithosen und Stiefel. Das ehemals sicherlich noble Vehikel schwankte wie eine Ente im Watschelgang hin und her, besonders, wenn die rechte Seite auf den sandigen Sommerweg geriet. Hinten am Verdeck, das runtergeklappt war, hatten Gewehrschüsse ihre fransigen Spuren hinterlassen. Er hopste etwas unbeholfen von der Rampe und trottete weiter auf den ungleichen Steinen, eine alte Blechbüchse vor sich hertreibend, auf der in einer fremden, klobigen Schrift etwas eingestanzt war. Seine Mutter hätte das nicht sehen dürfen, weil das den dürftigen, mehrfach geflickten Sandalen nicht guttat und den Zehen auch nicht. Es gab weder Ersatz für an Blechbüchsen zerschrammte Sandalen noch Heftpflaster für zerschnittene Zehen. Der lange Gang, der nun vor ihm lag, über den Löwenberg, wo der Wald bis dicht an die Straße stand, war ihm unbehaglich. Er war ein Kind der Stadt und die Natur erschien ihm bedrohlich, ihre Zeichen konnte er nicht deuten. Er sang manchmal, um sich Mut zu machen, besonders, wenn die Dämmerung kam… »In einem Polenstädtchen…«, »Leb wohl, du kleiner Gardeoffizier, leb wohl…«, »Lisa, Lisa, schenke der Reserve einmal Feuerwasser ein…« die seine Mutter hingebungsvoll, mit hoher, schwebender, seltsam sehnsüchtiger Stimme, die manchmal brüchig wurde, von sich gab, immer und immer wieder. Er kannte von den meisten Liedern alle Strophen, auch wenn er deren Sinn nicht richtig erfaßte. Radio hatten sie zuhause nicht, also war die Mutter sein Radio… »Die Goebbelsschnauze kommt uns nicht in die Stube« hatte sein Vater gesagt, ehe er dann für immer aus seinem Kinderleben verschwand, wahrscheinlich hatte er auch kein Geld. Die Arbeit auf dem Güterbahnhof brachte nicht viel ein, nur zerrissene Hosen und schmutzige Hemden und eine Müdigkeit, die den Vater nach der Abendsuppe mit Brot gleich am Tisch einschlafen ließ, den Kopf in die Arme vergraben... Er mußte oft an den Vater denken, weil er immer nur eine Mutter gehabt hatte, die ihn oft quälte und wegen kleiner Vergehen unbarmherzig schlug mit allem, was sie in ihrem Jähzorn greifen konnte, mit Kleiderbügeln und Ausklopfern... Dann weinte sie meist und drückte ihm mit dem flachen Messer die Beulen am Kopf wieder in den Schädel hinein... Bei dem Gedanken hörte er auf, mit dem Fuß die Blechbüchse weiter vor sich her zu stoßen. Er war richtig erschrocken und fühlte sich schuldbewußt... Immer hatte er an etwas schuld, solange er denken konnte.

Wenn er nur an die Absätze dachte, die damals im Winter die Schuhe samt angeschraubten Schlittschuhen verlassen hatten, weshalb er sich nicht nach Hause traute... Seine Mutter hatte geschrien -Man müßte dir die Schuhe so lange um die Ohren hauen, bis die Absätze wieder dran sind.- Und sie versuchte es auch, aber nur so lange, wie ihre jähe Wut vorhielt--- Er traute sich dann meist nicht mehr hinter seiner Ecke hinterm Sofa hervor, bis sie selber heulte und sagte -Komm da weg, du heulst noch die ganze Sofalehne voll...- Und dann bekam er etwas zu essen, aber selten so viel, daß er satt wurde... -Ein Fresser wird nicht geboren, er wird erzogen, sagte sie oft und aß selber wenig, weil nichts da war... Er liebte sie trotz der Wucht, die sie ihm öfter verpaßte... – Du kriegst gleich 'ne Wucht, war eine ständige Redensart von ihr. Und trotzdem lief er ihr jetzt sehnsüchtig entgegen... Hätte er jetzt nur seine Ecke hinterm Sofa, wo er sich verkriechen könnte. Eine einzige Stube hatten sie ja nur, die gleichzeitig auch Küche war, Papa, Muttel und er, das Mannele, wie sie ihn nannte, wenn sie normal war, damals in der alten Stadt am Strom. In dieser Stube spielte sich das ganze Familienleben ab, wenn welches stattfand. Später waren Onkels als Familienleben da. Onkel Erich, der Ingenieur von den Linke-Hoffmann-Werken mit schütterem Haar, leiser Stimme und leicht schiefem Gang. »Onkel Erich läuft wie eine Sechs«, hatte er einmal gesagt und erntete damit eine gewaltige Ohrfeige von seiner Mutter. »Guck dich an und laber nicht über Erwachsene, du altkluge Lerge!« – Dieses Wort machte ihn immer konfus, weil er keinen rechten Sinn in ihm fand. – Lerge konnte aber auch anerkennend gemeint sein... »Lerge box« hörte er manchmal die Leute sagen, wenn sie eine Sache gut fanden »Lerge box«. Seinen Vater traute er sich nicht zu fragen und seine Mutter sah etwas verunsichert aus auf seine Frage. -Eine Lerge ist eben eine Lerge-. Später hörte er oft, wenn er sagte, wo er herkam: -Ach eine Breslauer Lerge!- Onkel Erichs Frau war krank und er suchte wohl Trost bei seiner, Manneles Mutter. – Onkel Männe dagegen war Jude und hatte viel Geduld mit ihm, dem vatersüchtigen Jungen, der nicht einschlafen konnte, weil ihm der Gedanke an den fernen Vater plagte, der hier vertreten wurde. Onkel Männe mit dem glatten, seidigen, dunklen Haar ging bald über die »grüne« Grenze nach Belgien und von dort nach Venezuela, hörte er seine Mutter zur Postfrau sagen, die stark hinkte und nie »Heil Hitler« feilbot, sondern immer »Grüß Gott«. Die Frau mit dem grauen Gesicht hatte den Brief aus ihrer nichthinkenden Seite gezogen und ihn der Mutter zugesteckt, wie was Verbotenes. Der Absender lautete: Männe Bardasz, La Guaira. Mehr nicht, zunächst, später gar nichts mehr... Aber dieses Wort: La Guaira verfolgte ihn und ließ ihn nicht mehr los... La Guaira, La Guaira... Auch jetzt fiel es ihm wieder ein und er murmelte es vor sich hin. Was muß das für eine Welt sein, sehr weit weg und unheimlich viel Wasser dazwischen, entfernter als der Mond, den man doch sehen konnte, wenn der Nachthimmel klar war, manchmal sogar am Tage... Dann war da noch Onkel Paul, der Glatzen-Riese mit den Händen wie schwarze Bratpfannen, die ihn aus dem Arme-Leute-Zimmer schoben, sobald er in seiner Landser-Uniform auftauchte. Er, das Mannele, durfte in der Zeit draußen mit der Windfangtür spielen, bis er hungrig war wie ein Oderwolf. Hunger haben wie ein Oderwolf – das war auch ein Ausdruck seiner toten Großmutter, die aus Polen gekommen sein soll. Sie hatte früher bei feinen Leuten saubergemacht und später in der Munitionsfabrik gearbeitet. Und dann war sie plötzlich tot, weil sie die Pilze, diese Galuschel, an dem Gewitterabend nicht weggetan hatte, sondern am nächsten Tag in Aluminium wieder aufwärmte. Sie sollen in ihrem Magen zu Stein geworden sein, sagte Tante Hilda, Mutters Schwester, die keine richtige Nase mehr hatte. Ihr soll hinten im Mund der weiche Gaumen plötzlich eingesunken sein, warum wußte keiner. Die Ärzte aus der Max-Klinik hatten sich bemüht, ihr eine neue Nase zu machen, aus der Innenseite des Ellenbogens, so hieß es, aber es war nicht so richtig gelungen... Für ihn war sie die schönste Tante, weil er bei ihr immer so viel Marmelade-Schnitten essen durfte, wie er wollte. Sie hatte drei Töchter von zwei Männern, von denen er nur einen kannte. Dieser war Koch in einem Lager im Osten und brachte immer viele Fressalien mit auf seinen Kurzurlauben. Er durfte dann immer mit zu Tante Hilda und bei seinen Cousinen übernachten. In den Ehebetten, weil sie sonst in der Küche schliefen, aber da ging es an den Abenden laut zu. Er durfte bei diesen Gelegenheiten sogar in den Eimer pinkeln, was ihm recht war, weil er sich auf der Toilette, die im Treppenhaus für mehrere Mieter da war, immer fürchtete. Seine Cousinen sangen immer in Abwandlung eines Zarah-Leander-Schlagers: »Der Wind pfeift um die Abort-Tür und seine Stimme ruft –

Papier«, wenn sie draufsaßen. Einmal hatten sie vergessen, den Eimer reinzustellen. Er öffnete die Küchentür und hörte wie sein Tante erbost zischte: -Hans, du sollst meiner Schwester nicht immer an die Titten grabschen, wenn du einen intus hast.- Er hatte das Wort noch nicht gehört und machte ungehört und erschrocken die Tür wieder zu. Onkel Hans soll später bei einem Partisanenangriff ums Leben gekommen sein und sein Bild in Uniform hing später mit Trauerflor in Tante Hildas Küche, wenn er dort Marmeladen-Schnitten aß. -Sie werden ihn wohl in seinem eigenen Schweinefraß ertränkt haben-, hörte er später seinen Vater mal zu seiner Mutter sagen. Mutter erwiderte darauf -Aber gesorgt hat er für seine Familie-, weil Vater nie etwas mitbrachte... In Erinnerung an die Marmelade-Schnitten bei Tante Hilda, war ihm plötzlich flau im Magen geworden und er setzte sich auf einen Kilometerstein in halber Höhe des Löwenbergs... Wie viele Menschen in seinem kurzen Leben schon eine Rolle gespielt haben und wie viele davon schon nicht mehr am Leben waren. Auch Onkel Paul mit der Glatze und den Bärentatzen gab es nicht mehr. Er war als Nahkämpfer im fernen Rußland gefallen. Diesen Onkel Paul hatte er besonders gehaßt, weil er genauso hieß, wie sein Vater, der die Wehrkraft zersetzt hatte. Leider hatte sein Vater nie Zeit für ihn gehabt, hatte ihm nie ein Eis gekauft, war nie mit ihm ins Kino oder spazieren gegangen. Er fühlte dumpf, daß sein Vater ihn nie gemocht hatte, weil Kinder eben ein Klotz am Bein sind und beim Laufen hindern. Deswegen konnte Mutter ja auch nicht mit Onkel Männe über die »grüne« Grenze, weil das mit Kindern zu gefährlich war. Er hatte einmal eine vorsichtige Vermutung gegenüber der Mutter geäußert und schon das Klatschen einer Ohrfeige im Gesicht gespürt und schutzbedürftig die Augen geschlossen. Der Schlag blieb aus und er hörte mit blinzelnden Augen in Erwartung einer Züchtigung statt dessen das leise Weinen der Mutter. Da war es wieder da, dieses Schuldgefühl, das ihn verfolgte wie eine Drohung, die über ihm schwebte. Wozu war er eigentlich da, wenn sich niemand drüber freute und er niemandem nützlich war -Du bist im Jahre 33 geboren, im Jahr des Unheils- war von der Mutter zu hören und ihr Ton war hart. Vater hatte auch immer gesagt: -Das ist meine

Rede seit 33.- Am Anfang des Weges, als die Landschaft noch baumlos und flach war, wie die schlesische Tiefebene, aus der er kam, fühlte er sich frei, die Gedanken verliefen im Gleichmaß und gelegentlich dachte er, daß er gar nichts denke, aber dann überlegte er, daß das gar nicht mehr geht, an gar nichts zu denken. An irgend etwas dachte er immer. Nur manchmal liefen die Gedanken im Gleichmaß und sozusagen in Reih und Glied, aber oft fingen sie an zu zucken und zu flattern und die Bilder von Gegenwart und Vergangenheit stürzten ineinander oder fielen in seinem Kopf auseinander, vor allem aber gleichzeitig, so daß er oft Mühe hatte zu sortieren, was gestern war und was heute... Er hatte solche Rohre zum Durchgucken gesehen, auf dem Paschplatz seiner Heimatstadt der immer am Schießwerder stand, wenn er auf der Flucht war vor seiner Mutter zur Oma hin. Kaleidoskop hießen diese Rohre oder manchmal auch eckige Stangen mit dem bunten Innenleben, wo beim Drehen immer neue Muster entstanden. So war das mit seinen Gedanken, nur daß er sie manchmal gar nicht haben wollte. Damals zu seiner Oma hatte er auch immer einen langen Weg vor sich, genau wie jetzt, nur er führte an ihm vertrauten Gegenden vorbei... Er rannte von den Steinbaracken weg, die hufeisenförmig angelegt waren, weshalb man vorn durch ein Tor mußte, wo man abgefangen werden konnte. Dann pirschte er sich an den Holzbaracken vorbei, wo die noch ärmeren Leute wohnten. Es gab immer Krieg zwischen den Kindern aus den Steinbaracken und denen aus den Holzbaracken, einen nicht erklärten, unbarmherzigen Krieg, den immer der gewann, der zufällig in der Überzahl war. Wenn er an den Holzbaracken vorbei war, ohne Prügel bezogen zu haben, war das schon ein Sieg und er passierte dann erleichtert die Unterführung der Eisenbahn, bog links ab, ließ die Einundfünfziger Kaserne rechts liegen. Den Bahndamm rannte er meist entlang, bis er an die Treppe kam, die zur Brücke über die Oder führte. Hier befand sich in der gemauerten Wand der Brücke eine rechteckige Nische, in die er sich oft stellte, um zu sehen, ob er schon wieder ein Stück gewachsen war. Manchmal stellte er sich auch unter bei Regen in der Nische, wie ein Soldat im Schilderhaus an der Kaserne. Über die Brükken war der Weg am schönsten, aber auch ein bißchen gruselig, wenn die Züge ohrenbetäubend drüber donnerten, die von irgendwoher kamen und irgendwohin fuhren, aber meist wohl an die Front... Die bekannte Losung »Räder müssen rollen für den Sieg« deuteten das an. Es war eine Eisenbahnbrücke mit einem Fußgängerweg, der durch einen Zaun abgeteilt war. Die schwarzen Dampfrösser fuhren dicht an den Passanten vorbei und ließen die Planken mit Getöse erzittern, daß einem die Ohren summten. Man konnte dabei ganz laut schreien, ohne daß einer es hörte. Das Wort Dampfroß hatte er von Onkel Erich, dem »Schinschenjöhr«, wie die Mutter oft ironisch zu diesem sagte. Onkel Erich hatte versucht, ihm die Funktionsweise einer Dampflok zu erklären, anhand eines gläsernen Modells, das bei »Wertheim« im Schaufenster stand. Die großen Dampfrösssser machten ihm eine Heidenangst und gleichzeitig wünschte er sich, daß eins von ihnen wieder über die Brücke galoppierte, mit der ganzen Herde von Waggons hinterher, sobald er die Brücke betrat. Deshalb rannte er auch immer am Damm entlang, weil er die schnaufenden Ungetüme nicht verpassen wollte. Wenn er auf der Brücke stand und alles um ihn herum toste und zitterte, hatte er Angst und gleichzeitig ein seltsames Gefühl von Freiheit. So stellte er sich das Fliegen vor. Einmal bei einem starken Gewitterguß, der dicht und heftig niederging, wie der Strahl der Brause im städtischen Hallenbad, stand er in seinem steinernen Schilderhaus und sah durch den dichten Wasserschleier, entfernt und schemenhaft, wie eine Gestalt in der Brückenmitte aufs Geländer stieg und verschwand. Es zog ihn, wie von unsichtbaren Kräften gezogen und trotz des nicht nachlassenden Regens an die Stelle wo der Mann verschwunden war, aber er fand keine Spur mehr, weder auf der Brücke noch im grau und träge dahinziehenden Strom. Er tröstete sich mit dem Gedanken, daß der Mann sicherlich auf einen Oderkahn gesprungen war, der Sand geladen hatte... und dann als blinder Passagier bis an die Ostsee. Mit dem Gedanken hatte er sich schon beschäftigt, was wäre, wenn man auf solchen Kahn springen würde. Es müßte in demselben Augenblick passieren, wenn unten ein Schlepper die Brücke unterquerte und oben ein Zug drüber donnerte... Keiner würde es hören. Während er so auf dem Kilometerstein saß und ihm

Vergangenes durch den Kopf fuhr, wie diese Dampflok und er der alten Oder und ihren Geheimnissen nachhing, wurde er durch ein anderes seltsames Geräusch aus der Erinnerung geholt. Den Löwenberg hinunter stob, ratterte und fauchte ein autoähnliches Vehikel auf drei Rädern mit einer kleinen Ladefläche mit einem dicken Rohr hinter der Fahrerkabine, das aussah wie ein Schornstein. Beim Näherkommen stellt sich heraus, es ist der Holzvergaser mit der Blutblase, so nennen sie im Nachbardorf den alten Mann mit dem roten Gesicht, der am Sonntag stets etwas abseits von den anderen am Rande des Fußballfeldes steht und mit glänzenden Augen die Jungs verfolgt, die sich um den zusammengeflickten alten Ball herum gegenseitig in die Schienbeine treten. Er ist ein »Homo« tuschelten sich die Leute zu und machten einen Bogen um ihn. In einer Kirche irgendwo unterwegs auf der Flucht wo Brot verteilt wurde, hatte er eine Jesus-Darstellung mit Dornenkrone und gefesselten Händen gesehen und darunter die Inschrift »Ecce Homo!«. Mit seinem Sinn für skurrile Wörter, hatte er sich das eingeprägt, aber anfangen konnte er mit dem Begriff nichts und er traute sich wieder nicht zu fragen. Blutblase rauschte höflich winkend an ihm vorbei und warf etwas aus dem Fenster. Es waren zwei eingewickelte Sahnebonbons. Wo er die bloß her hatte? Dabei fiel ihm wieder das Wort ein, das er in der düsteren Kirche gelesen hatte, aber er verscheuchte die Erinnerung. Der Sahnebonbon zerging auf der Zunge und war kein Plombenzieher, wie die Mutter früher auf solche Köstlichkeiten geschimpft hatte. Den anderen hob er auf, weil sie sich ausgemacht hatten, alles zu teilen, was der andere bekam. Wenn sie ihn nicht wollte, konnte er den Bonbon ja immer noch später »verkosemaknispeln«. Das war ein Ausdruck von Onkel Männe, der wußte daß er sich über seltsame Wörter freute und sie sammelt. Durch das Suchen und Aufheben der braunen, viereckig eingewickelten Süßigkeiten, war er wieder in Trab gekommen und stampfte weiter den Berg hinan. Die Straße hatte sich in die Landschaft eingesägt, denn rechts und links neben der Straße ragten jetzt zwei steile, mit Gebüsch bestandene Hänge hinauf, die ihm das Empfinden vermittelten, als ginge er durch eine Schlucht. Der Magen hing ihm am großen

Zeh und er mußte das Verlangen unterdrükken, nach dem zweiten Bonbon zu langen. Wieder hatte er das bedrückende Gefühl, in eine fremde Gegend verschlagen worden zu sein, wo ihn keiner verstand. Manchmal war es schon ganz schön dicke auf ihn herabgeprasselt. Aber vielleicht gehörte das zum Leben und er hatte es noch ganz gut erwischt. Er hatte Gleichaltrige unterwegs gesehen, mit denen er nicht hätte tauschen wollen. »Jede Menge Barcelona!« hatte ein junger Soldat neben ihm gesagt, als sie einmal ein Stück mit dem Zug fuhren und von Tieffliegern beschossen wurden. »Jede Menge Barcelona!« sagte er noch mal und fügte hinzu: »Bloß gut, daß der Iwan nur diese fliegenden Nähmaschinen hat sonst hätten wir alle ins Gras gebissen.« Rätselhafte Wörter! Es waren gerade die Wörter, die ihn daran hinderten, das Gefühl der Fremdheit zu verdrängen. Seine Ausdrücke wurden hier nicht verstanden. Sagte er Paschplatz und meinte er damit den Rummelplatz, lachten sie ihn aus. Auch das oft gebrauchte Wort »spickig«, das daheim in den Steinbaracken jeder benutzte, stieß hier nur auf Befremden. Man brauchte es nur durch das Wort »komisch« zu ersetzen, wie er später herausfand und schon wurde ein Schuh daraus. »Mensch das ist spickig«, oder »Sei nicht so spickig!«. Und trotzdem war »spikkig« etwas anderes, denn »komisch« gab es ja auch in seinem Sprachgebrauch. Er dachte oft über den Sinn bestimmter Worte nach und manchmal fand er ihn nicht. So zum Beispiel, das Wort »Heimat«. -Ist Heimat das, was man als Heim hat oder hat der Heimat, der etwas hat in der Heimat? Er hatte in der Heimat nichts, was ihm gehörte und auch hier nichts. »Mein gutes altes Schlesien« hörte er oft die Leute jammern, die von ihren Gütern wegmußten. Sein Schlesien war ein Zimmer in den Steinbaracken der Tschepine, wo sich das ganze Familienleben abspielte, wenn welches stattfand. Mutter hatte einmal geäußert: »Arme Leute haben keine Heimat.« Und trotzdem plagte sie das Heimweh nach Omas Grab auf dem Oswitzer Friedhof und nach anderen Dingen, die mit ihrer Jugendzeit zu tun hatten, nach dem Oderstrand bei Ransern. Das konnte er verstehen. Der alte Strom fehlte ihm hier auch… aber sonst… Sie hatten hier auch nur ein kleines Zimmer, die Mutter und er, bei einer kinderreichen Familie im Armeleutehaus am Sächsischen

Reiter, aber es war immer was los: Jede Menge Barcelona. Und er bekam immer was zu essen, wenn er dazu kam. »Wo fünfe satt werden, reicht's für ein sechstes auch“, sagte sie dabei und schob ihm einen Hocker an den Tisch. Oft gab es Pellkartoffeln, Erdäppel mit Leinölquark, was ihm schmeckte und er von früher nicht kannte. Er mochte diese große schlanke Frau mit den dunklen Augen, die er noch nie eins von den Kindern hatte schlagen sehen... einmal hatte sie ihn eigentümlich angesehen und gesagt: »Aus dir kann noch mal was werden, wenn erst mal die Haare ans Hemd stoßen« und war ihm mit der Hand in die dichten Locken gefahren. Er hatte das nicht verstanden, aber er faßte es als Lob auf. Sie war Kriegerwitwe und hatte fünf Jungs und ein Verhältnis mit dem dicken Großbauer Walter, der sich später aufhängen sollte, aus Schwermut hieß es, denn er hatte alles, was das Herz begehrt... Nein Heimweh hatte er nicht nach Schlesien, eher Fremdweh... oder besser Fernweh vielleicht. Er wollte stets woanders sein, als dort, wo er gerade war... Unwillkürlich war er stehengeblieben, hatte den Kopf in den Nacken gelegt, was sich bei dem Anstieg wie von selbst ergab und hatte in den Himmel gesehen, wo eine einzige weiße Wolke sich zerfaserte, die aussah wie eine riesige aufgehängte Katze. Die Einsamkeit, die er plötzlich empfand, war so stark, daß er plötzlich das Gefühl hatte, als würden ihm die Sandalen zu eng. Er blickte unwillkürlich auf seine Füße, wo der rechte große Zeh aufgeplatzt war. Vielleicht war schlesisch nur eine bestimmte Art zu denken und zu fühlen, anders als sächsisch, nicht schlechter und nicht besser, eben anders, so oder ähnlich ging es ihm durch den Kopf, als er auf den Zeh starrte und die eingerissene Sandale. Wieso konnte man sich seine Eltern eigentlich nicht aussuchen? Warum ist er nicht in La Guaira zur Welt gekommen, in einem Land, wo sie vielleicht vom Zweiten Weltkrieg noch gar nichts gehört hatten. Seine Mutter hätte dort geboren sein können und hätte dann Onkel Männe dort getroffen. Hätte, hätte, wenn und falls und aber, es war halt nicht so, hätte aber doch so sein können! Wenn man sich etwas vorstellen konnte, mußte man doch annehmen, daß es auch hätte geschehen können. Er kam an eine Stelle, wo er aufhören mußte, weiter drüber nachzudenken. Er war in dem Moment auf dem

Löwenberg oben angelangt. Zur rechten befand sich eine Kaserne, direkt oben »auf dem Lehm«, wie die Einheimischen sagten. Es fiel ihm auf, daß er hingehen konnte, wohin er wollte, an einer Kaserne kam er meist vorbei. Auf der Einundfünfziger Kaserne in der Stadt an der Oder, auf diesem rotbraunem, hohen düsteren Kasten wehte damals die Hakenkreuzfahne, die Unheil bedeutete. Diese Kaserne hier sah freundlicher aus, obwohl früher hier auch die Fahne mit den abgeknickten Kreuzenden im Wind auf dem Berg geflattert haben soll. Jetzt bewegten sich rote Fahnen träge in einem lauen Wind, der hier oben immer zu spüren war. Ein Riesenbild von einem Mann mit der niedrigen Stirn und dem dicken Schnauzbart der gütig und wissend auf die Stadt lächelte, stand an der Stelle, wo der grüne Bretterzaun begann, den Mutter nicht leiden konnte. »Tschitscheringrün«, sagte sie verächtlich dazu, »und wie die Mushiks immer aussehen! Wie aus der Stampe gezogen!« – »Da sah unsere Wehrmacht doch adretter aus« - schwärmte sie plötzlich, was ihn erstaunte, weil sie doch diese Uniformen nicht gemocht hatte. Dabei fiel ihm ein, daß in dem Familienalbum, was die Mutter durch alle Fährnisse bewahrt hatte, auch ein Brustbild seines Vaters in Uniform klebte, und zwar in SA-Uniform. »Ein schönes Mannsbild« - hatte Lilo, Mutters Freundin anerkennend dazu gesagt. »Na klar«, dachte er, »bloß ein Bild, was sonst«. Und dann fiel das Wort »schneidig«, ein Wort, das ihm unangenehm war. Sein Fähnleinführer hatte es immer so ausgesprochen, daß man sich dran schneiden konnte, so schneidig sprach er es aus. Er wollte keinen schneidigen Vater--- Friedo, verheirateter Vater von fünf Kindern und Lilos Freund, ein kleiner, drahtiger, ständig lächelnder Eisenbahner, brachte manchmal eine Nachricht von Vater mit, wenn er aus dem Osten kam ... In der ersten Instanz in Oberschlesien wegen Wehrkraftzersetzung zum Tode verurteilt, dann zu lebenslänglich begnadigt... Vater soll gesagt haben: Der Krieg ist sowieso verloren und die paar Krüppel, die sie jetzt noch einziehen, machen das Kraut nicht fett... Wie gesagt, Friedo lächelte immer, und Lilo, seine Aushilfsfreundin, wenn er in Breslau weilte, war verknallt in ihn und sagte zu Mutter: »Wenn er lächelt, lächelt sogar der Adler an seiner Mütze«. Leider setzte Friedo das nächste mal, als er kam, gleich die Mütze ab und lächelte ohne Adler. Und beim Verabschieden, als er Lilo anstrahlte, strahlte der Adler auch nicht. Er hatte genau hingesehen... Lachender Adler, so ein Mumpitz!- Lilo war eine schöne, blonde Frau, jünger als Mutter und immer freigiebig und großzügig. Er durfte sogar auf ihrem Damenrad im Stehen ein paar Runden drehen und sie sagte es Mutter auch nicht als er das Schutzblech verbogen hatte. Alle liebten Lilo und Lilo liebte alle, besonders den kleinen Friedo, wenn er da war. Er, das Mannele soll sie als Knabe mal in die Waden gebissen haben, in die wohlgeformten Lilowaden. Es war ihm unbegreiflich, daß er das getan haben sollte. Aber zum Anbeißen war sie schon! Lilo hatte eine aufregende Art sich zu setzen, die Beine dabei übereinander zu schlagen und die Beine zu wechseln, um sie andersherum übereinander zu schlagen. Dabei mußte sie den Rock ziemlich weit hochziehen, so daß man den Teil ihres Oberschenkels sehen konnte, wo die Strümpfe aufhörten und am Leibchen befestigt waren Er hatte auch manchmal Ärger mit dem Leibchen, wenn er lange Strümpfe und kurze Hosen tragen mußte. Ekelhaft! Das Leibchen verrutschte dann manchmal, besonders beim Fußballspielen, und die Strümpfe zogen Wasser, wie es hieß, zwar nicht so wie Seidenstrümpfe mit Nähten, aber Wollstrümpfe konnten auch Wasser ziehen und das sah dann ziemlich gemein aus, so wie Krampfadern. Das konnte ihn völlig fertig machen, besonders wenn die Strümpfe zu kurz waren und das Stück, wo die Strümpfe angeknüpft wurden, aus der Hose rausguckte... Aber Lilo machte das nichts aus, bei ihr war das anders. Übrigens sah man bei ihr das Leibchen nie, wenn kein Mann in der Nähe war. Aber wenn Lilo das Leibchen sehen ließ und dabei die Beine wechselte, dann konnte man auch schon mal einen Blick vor ihren Schlüpfern erhaschen die immer durchsichtig waren. Ein Offizier aus der Einundfünfziger Kaserne war der Spender dieser durchsichtigen Gebilde aus Paris. »Er bringt mir die Dinger natürlich nicht umsonst mit«, sagte Lilo mal zu Mutter und kicherte dabei, »aber er ist ein Schreibstubenhengst und immer viel zu viel aufgeregt.«- Na, ja, dachte er, umsonst werden die Deutschen die Sachen auch nicht bekommen, er würde schon ein paar Peseten dafür ausgeben müssen und ganz ungefährlich war die Sache im Krieg auch nicht. Als Lilo die Beine mal wieder ganz offenherzig wechselte, fiel ihm ein, daß Friedo einmal gesagt hatte, Lilo sei keine echte Blondine, aber gerade das reizte ihn an ihr. Er wußte jetzt gar nicht mehr, wie er auf Lilo gekommen war, denn zuerst war ihm Friedo eingefallen. Der lächelnde Friedo mit dem lächelnden Adler hatte mal zu Mutter gesagt: Es ist gut, daß Paul den richtigen Weg gefunden hat auf die richtige Seite, zu den Genossen. Wahrscheinlich hatte Vater damals die SA-Uniform ausgezogen, um auf die richtige Seite zu gelangen… Und er fragte sich, ob auf der richtigen Seite auch immer die guten Menschen waren. Vielleicht gab es da auch mal weniger gute. Vielleicht war sein Vater kein guter Mensch, aber er hatte die richtige Seite gefunden. Und vielleicht gab es auf der falschen Seite auch gute Menschen. Woran erkennt man einen guten Menschen? Vielleicht daran, wie einer zu seinem einzigen Sohn ist? Darüber grübelte er ständig nach und verstand viele Dinge nicht. Das Bild des Vaters, das er sich zu malen versuchte, blieb immer verschwommen wie unter Wasser, wenn er früher im Hallenbad tauchte und unter Wasser versuchte, Leute zu erkennen. Sein Kinderbett, in dem er zum Schluß schon gekrümmt schlafen mußte, als die Stadt anfing zu beben, vom herannahenden Krieg, hatte ein hohes Brett an der Seite über das er lugend beobachtete, was so manchmal im Zimmer geschah. Einmal war sein Vater spät und schweren, unsicheren Schrittes nachhause gekommen, hatte sich ächzend auf den ihm angestammten Platz an der Stirnseite des rohen Holztisches niedergelassen und hatte vor sich hingestiert. Kurz danach holte er aus der alten speckigen Arbeitstasche, die aussah wie ein Sack mit Henkel, ein Paket, wickelte es aus, worauf es würzig anfing zu duften im Zimmer. Es waren Käserollen, kleine, runde, gelbe Rädel, aneinandergeklebt, die aussahen wie eine dicke goldgelbe Raupe. In den Steinbaracken hatten sie immer »Rädel« gesagt statt Räder, auch »Bootel« statt Boot, was hier jetzt belächelt wurde, wenn er das sagte. »A Tippel und a Kriegel und a Arsch vull Priegel« hatte seine Großmutter oft gesagt und sich über diese Art des Sprechens lustig gemacht, obwohl er damals keine andere Ausdrucksweise kannte. Sie hatte versucht ihm nahezubringen, daß man nicht stolz zu sein hatte auf diese verschrobene Ausdrucksweise, sondern daß die Dinge anders hießen, wenn man in die große weite Welt kam, wenn sie vielleicht auch genau so aussahen. Als er damals so zusah, wie sein Vater die einzelnen Käsescheiben mit dem Messer aufspießte und in den Mund schob, dachte er, daß aus dem Kinderbett das Magenknurren zu hören gewesen sein müßte, aber der Vater hörte es wohl nicht. Nachdem der Vater die letzte Kerbe der dicken, duftenden Raupe verzehrt hatte, machte er die Schublade auf und holte eine Ansichtskarte hervor, die er lange betrachtete, während er mit der anderen Hand ständig in der Schublade herumzukramen schien, wie er von seinem Bett zu sehen glaubte. Die Entfernung zum Vater war für seine Begriffe ziemlich ausgedehnt quer durch das Zimmer. Dann fing der Vater an zu schnaufen, fiel auf den Tisch und schlief ein. Er kletterte vorsichtig aus dem Kinderbett und schlich an den schlafenden Vater heran, der mit leicht geöffneten Mund schlief und den Tisch mit Speichel netzte. Es war eine Art Postkarte, die Vater lange angesehen hatte und die jetzt schräg auf dem Tisch lag, so daß er den Kopf verdrehen mußte, um zu sehen, was sie für eine Ansicht hatte. Eine Frau lächelte ihm entgegen, in einer freundlichen und auffordernden Weise, die ihn an seine Großmutter erinnerte. Überhaupt war das Bild von der Art wie die Bieber-Oma welche hatte. Mutter sagte immer zu ihrer Mutter die Bieber-Oma, um sie von der anderen Oma zu unterscheiden, die er selten sah. Die Bieber-Oma hatte Fotos aus brauner Pappe, die rechteckig waren und meist einen ovalen Bildausschnitt hatten. Auf einer dieser Fotografien war Großvater zu sehen in Uniform und Pickelhaube, Gewehr mit Seitenbajonett, Wickelgamaschen und einem gewaltigen Schnauzbart, wie ein Wesen aus einer anderen Welt. Er stand da in seiner kriegerischen Aufmachung, die durch den Patronengurt abgerundet wurde, mit dem rechten Ellenbogen auf ein Säulentischchen gestützt, den rechten Fuß mit dem klobigen Schuh und den Wickelgarnaschen graziös links vor den anderen Schuh auf die Spitze gestellt vor einem gemalten Hintergrund mit Palmen und einer im Meer ertrinkenden Sonne. Es sah so aus, als wollte Großvater gleich anfangen zu tanzen wie in den Dick-und-Doof-Filmen der Dünnere. Er hatte danach auch noch einmal getanzt, sagte die Bieber-Oma, als er seinen Eindruck schilderte, einen Todestanz in einem Stacheldrahtverhau in Frankreich. Übrigens war das gar nicht sein Großvater, sondern der Opa seiner Cousinen und Vater seiner Tanten. Sein Großvater war ein schwäbischer Weinreisender, eine Frohnatur, wie die Oma sagte, mit einer rötlichen Nase und einer lustigen Sprache, der auch an die Worte ein »l« anhängte, aber mit einem »e« dran, anders als im Schlesischen. Als sie das erzählte, hatte sie ganz jung dabei ausgesehen und war rot geworden. Sie würde sich doch nicht für etwas schämen, dachte er so dabei. Später war der Vertreter aus dem Schwabenland noch einmal in der niederschlesischen Stadt gewesen und hatte ihr verlegen und ein wenig stotternd monatlich für ihre Verhältnisse viel Geld angeboten, um das Dattele mitnehmen zu dürfen, so hatte sie Manneles Mutter als Kind genannt. Der fröhliche Weinverkoster hatte nämlich einen Weinberg geheiratet, nebst einer teilgelähmten Frau und sehnte sich nach Nachkommen. Aber die Bieber-Oma hatte das Dattele behalten auch wenn es ohne Aufsicht bleiben mußte, wenn die Schwestern in der Schule waren. Einmal hatte das Dattele aus Langeweile in die Kaffeemühle gekackt und anschließend lange an der Kurbel gedreht. Seine Mutter wurde stets wütend, wenn das bei Familienfeiern lachkreischig und schenkelklatschend erzählt wurde. Während er so im Nachthemd mit kühlen Füßen am Tisch stand, rollte der Vater den Kopf auf die andere Seite und geriet in ein sanftes Schnarchen, so daß er jetzt die Karte genauer besehen konnte. Die Frau mit dem einschmeichelnden Blick hatte ein schmales dunkles Band um den Hals mit einem Medaillon dran und trug eine hochgeschlossene spitzenbesetzte Bluse mit Puffärmeln, die eine schmale Taille umschloß. Sie trug auch weiße Kniestrümpfe mit schwarzen Bändern unterhalb des Knies oder oberhalb der Wade, je nachdem, von welcher Seite man den Blick wandern ließ und ihre zierlichen Füße steckten in schmalen, hochhackigen Schuhen... Aber dazwischen hatte sie nichts an, einfach gar nichts. Er war erschrocken und strebte vom Tisch weg, zumal er Angst vor dem Vater hatte und er fühlte sich irgendwie ertappt, als ob er etwas Verbotenes täte. Trotzdem mußte er noch einmal genau hinsehen. Vom Einschnitt der Taille abwärts wölbten sich sanft ausladend weiße Hüften, die in kräftige weiße Oberschenkel übergingen. In der Körpermitte war ein dunkles Dreieck zu sehen, das seinen Blick festhielt. Ihre beringten Hände ruhten rechts und links auf den Schenkeln, so als ob sie ihren Mittelpunkt besonders betonen wollte. Er schlich leise zu seinem Kinderbett, stieg vorsichtig über das Seitenbrett, damit es nicht knarrte und trotzdem wurde der Vater wach. Der Vater trat ans Bett und der Sohn schloß die Augen und tat, als ob er schlief, obwohl ihm das Blut im Schädel sauste. Er hörte den Vater noch im Zimmer tappern und geräuschvoll mit Wasser gluckern, und dann ging das Licht aus. Die Glühbirne erlosch, die in der Mitte des Zimmers an einer Glasglocke befestigt war. Wie er so im Dunkeln wach lag, dachte er darüber nach, was der Fotograph doch für einen Pfusch gemacht hatte. Als er mit seiner Mutter bei »Photomaton« am Königsplatz war, damals als er eingeschult wurde, hatten sie ewig an ihm herumgefummelt und ihn gekämmt bis alles richtig war. Mal mußte er die Zuckertüte rechts und mal links halten, den Kopf da und dorthin drehen und lächeln, bis ihm die Wangen zittrig wurden. Und trotzdem hatte er auf dem Bild später die Wollstrümpfe verdreht an und an den Knien beulten sie so, als hätte er ein Brötchen reingeschoben. Und auf dem Bild, wo die Frau abgebildet war, die er eben gesehen hatte, war dem Fotograph nicht mal aufgefallen, daß sie weder Schlüpfer noch Rock anhatte. Na gut, die Schlüpfer hätten ja noch fehlen können. Das hätte keiner bemerkt, aber den Rock hätte er doch bemerken müssen. Er mußte an den Witz denken, den Friedo, der stets lächelnde Eisenbahner, einmal erzählt hatte und über den alle vor Lachen herumhopsten: Eine Frau kommt nachhause und fragt ihren Mann: Fällt dir etwas an mir auf? -Neue Schuhe? -Nein! -Neues Kleid? -Nein! -Na, was denn? -Ich habe eine Gasmaske auf!- Der Mann mußte einen Hühnerplins gehabt haben, hätte seine Großmutter gesagt, wenn sie ausdrücken wollte, daß einer blind war wie ein Huhn. Er kannte damals noch keine Hühner, aber auf dem Land in der Lausitz hatte er festgestellt, daß Hühner keineswegs blind waren. Friedo konnte keine Witze mehr erzählen und er konnte auch Lilo nicht mehr in den Po kneifen. Sie trug im Sommer, wenn es sehr heiß war, auch keine Schlüpfer, wie die Frau auf dem Bild. Friedo hatte einmal zur Mutter gesagt: -Lilo hat einen Hintern, da kann man Flöhe drauf knacken.- Er hatte gerade Lilos Fahrrad zurückgebracht und es unter dem Fenster des Zimmers abgestellt, das zu ebener Erde lag, weshalb sie am Abend auch immer die grünen Fensterläden hereinholen und schließen mußten. Lilo trug also, wenn es sehr heiß war und wenn Friedo da war, manchmal keine Schlüpfer, aber sie würde doch nie vergessen haben, den Rock anzuziehen, wie die Frau auf dem Foto in der Schublade vom Tisch. -Friedo war als Kurier tätig. Auch so ein Wort, das er in seine Sammlung aufnahm. Friedo hatte in der Illegalität gearbeitet. Wo war das nur? Seine Frau hatte 5 Söhne, die alle mit dem Anfangsbuchstaben »A« anfingen: Adolf, Anton, Armin, Albert und der Jüngste hieß Alarich. Sie hatte die Kinder alle Adolf Hitler geweiht die alle mit dem zweiten Vornamen Adolf hießen, bis auf Adolf, der hieß mit zweiten Vornamen Wilhelm. Als man Friedo schnappte, entriß er einem der SS-Leute die Pistole und schoß sich lächelnd eine Kugel durch den Kopf. Er hatte Angst, daß er der Folter nicht standhalten würde, hatte Mutter gesagt.

Und Lilo hatte damals hinzugefügt: »Jedes mal, wenn er mit mir zusammen war, dachte er, es sei das letzte mal. Und so benahm er sich auch«, heulte Lilo los und Mutter heulte mit. Ihr tat es auch leid, daß Friedo nicht mehr kommen konnte. -Mattel,- hatte Friedo mal zu Mutter gesagt, die eigentlich Martha hieß, sich aber den Namen Marga zugelegt hatte und sonst nur diesen als Anrede gelten ließ, -Mattel- , und das durfte sich nur Friedo leisten, -Wenn du so weiter machst, machst du den Jungen kaputt. Darauf hatte Mutter sehr schnell und scharf geantwortet- -Kümmer dich lieber um deine Söhne. -Seitdem hatte Friedo ihm immer etwas zugesteckt ohne daß es Mutter merken konnte, wenn er kam. Friedo kam immer zu Lilo, und Lilo und Mutter steckten immer zusammen, sie hingen wie die Kletten aneinander, war Omas Meinung. Oma war wohl die Einzige, die er kannte, die Lilo nicht mochte. Es hieß, sie haben Friedo irgendwo in Polen an Ort und Stelle verscharrt, gleich am Bahndamm. Da konnte er wenigstens die Züge vorbeirauschen hören, die Züge seiner Eisenbahn, die sein Element war, dachte er und stellte sich vor, wie alle Lokführer, die in die

Illegalität fuhren, an dieser Stelle die Loks pfeifen ließen. Alles dies war ihm eingefallen, als er oben auf dem Löwenberg stand, von fern die Eisenbahn mit ungeheurem Qualm vorbeidampfen sah. Die Bieber-Oma, die auf dem Oswitzer Friedhof lag, hätte sicherlich gesagt: -In deinem Kopf liegt alles wie Kraut und Rüben durcheinander.- Er dachte bisweilen, er müsse Durchfall im Kopf haben, so wie es einem geht wenn es in den Därmen gluckert. Oben vom Löwenberg sah man die Stadt im Tal liegen, als hätte eine Riesenhand Spielzeughäuser genommen und sie nebeneinander oder quer gestellt, nachdem sie vorher ein Kreuz mit dem Zeigefinger in die Erde gezeichnet hatte, um zu wissen, wo die Himmelsrichtungen sind. Er näherte sich diesem Kreuz, das zur Straße geworden war, vom Osten her der Stadt. Es wurde ihm wieder wohler zumute. Zuhause in der alten Stadt, die im Krieg untergegangen war, hatte er in der Aula in der Schule einen Film gesehen, der ihn sehr beeindruckt hatte und der Lachsalven unter den Schülern ausgelöst hatte. Er hieß: »Die Stadtmaus und die Fledermaus«, worin die komischen Verwicklungen äußerst spickig waren. Die Stadtmaus, angetan mit feiner Kleidung, Täschchen und Sonnenschirm wußte nicht wie sie sich vor den Angriffen des Mäusebussards retten konnte und die Fledermaus fiel mit ihrem Knotenstock und Rucksack in der Stadt in jeden Gully und fand aus der Kanalisation nicht mehr heraus. Er kam sich vor wie die Stadtmaus auf dem Lande, wo alles anders war, als in der Stadt. In Breslau, damals am Ring, gab es ein Schnellrestaurant, wo sich eine Wand mit kleinen gläsernen Kästen befand, die sich öffneten, wenn man in den daneben befindlichen Schlitz zwei Groschen steckte und schon konnte man ein Papptellerchen mit Kartoffelsalat herausnehmen. Wenn die Klappe wieder zu war, schob eine Hand ein neues Tellerchen nach. Hier gab es so etwas nicht. Man mußte alles selber machen und dazu brauchte man Dinge, die es nicht gab. Also, die Methode damals war einfacher. Aber man konnte auch Pech haben. Der letzte Salat, den er aus der gläsemen Wand gezogen hatte, mußte einen Stich gehabt haben, wie ihm nachher die Mutter erklärte. Einen Stich, wovon dachte er. Er hatte zwei Groschen, die er noch von Friedo erhalten hatte, per Schlitz getauscht gegen eine Portion Kartoffelsalat.

Später wurde ihm mulmig im Magen und die fast unverdaute, weil hastig verschlungene Masse sauste die Speiseröhre in umgekehrter Richtung entlang und fiel ihm so schnell aus dem Gesicht, daß er gerade noch den Kopf drehen konnte, um nicht einem vor ihm herlaufenden Liliputaner ins Genick zu erbrechen. Der Liliputaner kam sicherlich aus dem Zirkuszelt am Schießwerder, das er noch nicht von innen gesehen hatte, weil er kein Geld für den Eintritt hatte. Er kotzte dafür fast einem SA-Mann auf die Stiefel, der gleich losschimpfte: -jetzt saufen auch schon die Pimpfe!- Ihm war tatsächlich schwindelig im Kopf, weshalb er sich an einer Straßenpumpe festhalten mußte, an der er sich das Gesicht wusch. Bei dem Gedanken merkte er, wie trocken seine Kehle war und ihm war, als habe er Sand im Mund. Er war inzwischen an der alten verwucherten Tankstelle angelangt, wo er sich unter die Überdachung stellte, in den Schatten, weil die Sonne noch kräftig Wärme entsendete. Langsam erhob er sich, um aus dem Schatten herauszutreten und weiter in Richtung Stadt zu gehen, da wo die ersten Häuser an der Straße rechts und links standen, als er hinter sich ein Geräusch hörte, das ihm bekannt vorkam und doch anders klang. Die Gutskalesche mit den jetzt sehr müden Gäulen erschien auf dem Scheitelpunkt des Löwenbergs und blieb dort fast stehen. Der Kutscher, der unlängst noch breitbeinig in seinen Militärhosen und scheinbar kerngesund auf dem Kutschbock gestanden hatte, hing jetzt mehr, als er saß, müde und scheinbar krank auf dem Sitz, mit dem Kopf hintenüber hängend. Auf ein schwaches Rucken mit den Zügeln, kam das Gespann wieder in Fahrt und rollte, schneller werdend, die abschüssige Straße an ihm vorbei. Der Kopf des Mannes war immer noch weit nach hinten gebeugt und er konnte sehen, daß der Mann die hellen Augen weit geöffnet hatte, ohne zu blinzeln. Er lag etwas quer, scheinbar regungslos auf dem Sitz, aber man konnte an der Körperspannung erkennen, daß er nicht besinnungslos war. Im selben Augenblick, als der Wagen, diesmal lautlos, wie ihm schien, vorbeirollte, fiel ihm ein, daß er den Mann schon irgendwo gesehen hatte. Es war im Wendischen, wie die Mutter sagte, als er mit ihr von Bauernhof zu Bauernhof zog, um etwas zu essen zu erbetteln oder sich dafür nützlich zu machen. Der Mann lief wie benommen auf den Feldern herum, mit einer Flasche in der Hand und fragte jeden, den er traf, nach seinen Angehörigen, die hier durchgezogen sein sollen. Er hatte auch Mutter gefragt, was nur von weitem zu sehen war, aber sie konnte keine Auskunft geben. Seine Beschreibung paßte auf Tausende von Leuten zu, die sie auf ihrem Weg getroffen hatten. Der Mann war Pole, arbeitete auf der Kommandantur als Dolmetscher, weil sich hier in diesem Gebiet die Spur seiner Frau und seiner Kinder verloren haben soll. Die Straße nach B. wies nun die ersten Bürgersteige auf, wo er sich in der Nähe der Häuser sicherer fühlte, als auf freiem Feld oder im Wald. Nach dem Marktplatz hin, wo auch das alte, schmucklose Rathaus stand, das aus grauen Steinen erbaut war und eine mächtige Treppe hatte, waren besonders auf der linken Seite lauter Geschäfte, die ihn an seine Heimatstadt erinnerten. Es war zwar nicht viel an Eßbarem zu sehen in den Schaufenstern, aber die alten Kaffeemühlen, Glasvitrinen, Reklametafeln und vor allem die Bezeichnung in der alten verschnörkelten Schrift machten Eindruck auf ihn und beschäftigten seine Phantasie. Da wieder so ein seltsames Wort

-Kolonialwaren- und auf einer Büchse stand das Wort -Kolonialzucker-. Onkel Männe hatte ihm einmal erklärt, das seien Waren, die aus den Tropen kamen, wo die Leute diese merkwürdigen weißen Helme trugen und dunkelhäutige Menschen im Lendenschurz herumliefen. Er stellte sich das als eine Art von Paradies vor, wo Kakao und Schokolade auf den Bäumen wuchsen. Schokolade kannte er fast nur noch vom Hörensagen, aber einmal hatte er von einem russischen Soldaten ein Stück bekommen, das danach schmeckte. Es war ein junger Kerl mit Käppi und einer Feldbluse, die er unter dem Koppel fest zusammengezurrt hatte, wobei das meiste des Stoffes nach hinten abstand. Ein in weißes Leinen gehülltes Bündel trug er ständig behutsam mit sich herum. Ihn trieb der Hunger in die Nähe des jungen Soldaten, der plötzlich mit einer entschlossenen Bewegung das Tuch vom Bündel zurückschlug, ein Stückchen abschnitt, von etwas, das aussah wie ein dunkles Brot und ihm davon gab. Später erzählte er Mutter von dem Geschmack, den er empfunden hatte und der ihm bei der Erinnerung das Wasser im Munde zusammenzog und sie meinte, das müsse

Rohschokolade gewesen sein, aus der Fabrik, die geplündert worden war. Inzwischen war er auf dem Platz angelangt, der vom Rathaus bewacht wurde. Davor stand ein Brunnen, wo in der Mitte auf einem Block ein dicker, nackter Knabe aus Stein zu sehen war. Der puttenhafte Gnom hatte seinen Unterkörper nach vorn gereckt und stand auf den Fußballen, während er mit der rechten kurzfingrigen Hand seinen Schniepel hielt. In Friedenszeiten, sagten die Leute immer, mußte da mal Wasser herausgekommen sein und er stellte sich vor, wie das Wasser in die Beckenumrandung geplätschert war und er sich auf die Wandung hätte setzen können, um die Füße hineinzuhalten. Das erinnerte ihn an etwas, das er erst vor kurzem erlebt hatte und ihn beschäftigte. Seit einiger Zeit war die schöne Ursela aus Ostpreußen im Dorf und viele Jungs wedelten herum um sie wie junge Hunde.

Sie mochte etwa zwei Jahre älter sein als er, was sich, trotz ihrer schlecht sitzenden Kleider, bemerkbar machte. Sie hatte ein sanftes, weiches Gesicht mit großen braunen tiefliegenden Augen und einer hohen gewölbten Stirn. Die Zöpfe lagen als Kranz um den

Kopf, was bei ihr wie eine Krone wirkte. Bei den BDM-Mädchen früher konnte er die Frisur nicht leiden, an ihr aber konnte er sich keine andere vorstellen. Das Entscheidende war, daß sie in einer Weise lächeln konnte, unter ihren hohen Wangenknochen, daß es ihn beinahe umwarf, wenn ihn dieses Lächeln voll traf, wobei man nie ganz ausmachen konnte, wem dies galt. Sie lächelte einfach so aus sich heraus oder vor sich hin, dachte er, wenn sie in diesen Gesichtszustand geriet und hoffte, daß sie ihm dieses Lächeln einmal ganz allein schenken würde. Er war dabei sich zu ertappen, daß er sich immerzu etwas ausdachte, um sie zum Lächeln zu bringen. Entweder waren seine absichtlich witzigen Bemerkungen zu krampfig oder sie lächelte nur, wenn sie konnte und es war unbekannt, wann und warum sie es tat. Sie erinnerte ihn an ein Mädchen aus den Steinbaracken, die den klangvollen Namen Adelheid Halemba hatte, den er in der Erinnerung gern vor sich hin murmelte, so wie er das mit exotischen Namen tat, um sie sich einzuprägen. Adelheid Halemba wollte Tänzerin werden. Was aus ihr geworden war, wußte er nicht, denn er hatte sie nie wieder gesehen, seit er seinen beiden Singvögeln im Januar '45 das letzte Futter ins Bauer gestellt hatte und mit dem von der Mutter selbst genähten Rucksack die Baracken verlassen hatte. Er hatte wieder mal mit der Windfangtür spielen dürfen, als Onkel Paul bei Mutter war, wozu er jedoch keine Lust hatte. Außerdem hatte er schon mal vom Hausmeister angedroht bekommen, ein paar hinter die »Kumptleisten« zu erhalten, wenn er damit nicht aufhörte. Als er so über dieses spickige Wort nachdachte, hatte er vor lauter Langeweile aus dem Flurfenster gesehen und Adelheid beobachtet, wie sie auf dem Hof tanzte. Es sah anders aus, als er das bei Leuten auf den Tanzsälen des Wohnviertels durch die Fenster erspäht hatte. Sie machte weit ausladende Bewegungen und Sprünge, die ihm gefielen. Es war für ihn wie Kino, als er so aus dem Fenster blickte. Als sie ihn bemerkte, hörte sie auf und lächelte ihm zu, ähnlich wie das Mädchen aus Ostpreußen lächelte, aber es hatte wohl mehr damit zu tun, daß sie einen Zuschauer gefunden hatte, der ihr mit den Augen Beifall klatschte. Später hatte er Adelheid mal die Beinprothese ihres Vaters zur Reparatur getragen, wofür sie ihm dankbar war. Er konnte sich vorstellen, daß es für eine zukünftige Ballerina nicht gerade erhebend war, mit einer Beinprothese unterm Arm herumzulaufen. Es war schon kurios, immer erinnerte ihn Adelheid aus Breslau an Ursela, das Mädchen aus Königsberg, oder war es umgekehrt? Vielleicht lag es daran, daß beide älter waren als er und solche hohen Backenknochen hatten und so versonnen lächelten. Die nackte Steinputte mit dem Schniepel, der zur Hälfte abgebrochen war, weshalb auch ein Stückchen von dem verbogenen Wasserrohr zu sehen war, brachte ihm ins Bewußtsein zurück, warum er an Ursela gedacht hatte, was er gar nicht wollte. Auch jetzt wollte er nicht daran denken und doch sah er sie wieder im Wald langkommen, mit den drei Jungs, unterwegs zu den Steinbrüchen, von denen er gerade herkam. Die drei waren älter als er und benahmen sich anders als sonst, nicht so herablassend, sondern eher verlegen. Sonst waren Flüchtlingskinder für die Einheimischen eine Art Zigeuner, denen es Spaß machte durch die Lande zu ziehen. Dasselbe war ihm und der Mutter schon im Erzgebirge passiert, wo sie ins Niemandsland gerieten und nirgendwo unterkommen konnten, weil das Niemandsland im Gegensatz zu dem Namen vollgestopft war mit Flüchtlingen aus Ost und West, die die Fronten wie mit Schaufelbagger zusammengeschoben hatten. Sie kamen zum Schluß in einem unbeheizten Dachkämmerchen unter, während der Sohn in der überheizten Küche, die sie nicht betreten durften, stundenlang Bleisoldaten goß. Damals kursierten handgeschriebene Flugblätter unter den Flüchtlingen auf denen stand geschrieben: »Ihr Zwerge aus dem Erzgeberge, ihr kommt zum Schluß noch in die Särge!« Daran mußte er denken, als er Ursela mit den drei einheimischen Jungs kommen sah und wollte instinktiv ausweichen. Sie waren auf eine merkwürdige Art freundlich und forderten ihn auf mitzukommen, während Ursela sich abseits hielt. -Wir gehen spritzen-, sagte der ältere, der rothaarig war und Pickel im Gesicht hatte. -Was mag das wohl sein,- dachte er und ging in Richtung der alten Steinbrüche, die wie kleine Seen am Berg voller Wasser waren, das kalt und tief war. Manchmal kam es ihm vor, als habe der Berg Augen, wenn er ganz oben stand und hinunter sah, traurige, dunkle Augen, umstanden von grünen Wäldern, die aussahen wie lange Wimpern um das Auge des Sees herum und wenn die Sonne hinein schien, konnte man sogar die Pupille sehen. Diese durch das Grundwasser aufgefüllten Steinbrüche waren unregelmäßig geformte Riesenkrater, die der Mensch in den Berg aus Granit gebohrt und gesprengt hatte, um den Stein für sich nutzbar zu machen. Es war auch noch manches Gerät zu entdecken, aus der Zeit, als die Steinbrüche noch in Betrieb waren. Geborstene Eisenstangen, armdicke Taue aus Draht mit rostigen Stacheln, alte verbogene Gleise und krumme, schiefe Förderwagen, Bohrlöcher, in denen Getier nistete, abgesprengte riesige Blöcke, die stehen geblieben waren. Überhaupt sah es in diesen riesigen Steinlöchern aus, als habe es plötzlich Fliegeralarm gegeben und die Leute sind Hals über Kopf weggerannt und haben alles stehen und liegen gelassen. Über den größten dieser alten Steinbrüche schwebte noch auf einer Art von Drahtseilbahn eine alte Lore in der Mitte des Seils, die bei starkem Wind schauerliche Geräusche von sich gab. Sie gingen zu viert zu einem der kleineren Steinbrüche, die schon seit Jahren nicht mehr ausgebeutet wurden und die bis an den Rand mit Wasser zugewachsen waren. Wie sich die Wurzeln von Birken und Sträuchern in das harte Gestein gekrallt hatten und direkt aus den steil abfallenden Hängen wie um die Ecke herum nach oben zum Licht wuchsen, das konnte er nicht begreifen. Dieser alte, ebenfalls mit Wasser gefüllte Bach, war von einer Seite her bequem zugänglich. Man brauchte nur über ein paar Granitquader zu springen und schon war man am Wasser. Gegenüber ragte eine steile Wand auf und links, Richtung Osten gab es eine Plattform, auf der am Abend lange die Sonne schien. Von dort konnte man mit Anlauf im Bogen ins Wasser springen, gute 10 Meter hinab, so daß es unten mächtig klatschte, wenn man aufkam und wehe, man kam nicht richtig auf. Das konnte schief gehen, wenn man schief fiel. Das war eine Mutprobe unter Jungs, an der er sich noch nicht beteiligt hatte. Auf der rechten Seite, gleich neben dem flachen Zugang zum Wasser, hatte sich durch Sprengungen und Verformungen ein Gebilde ergeben, das wie eine Kanzel in der Kirche aussah. Man konnte auf einem gewundenen Weg auf einen Vorsprung gelangen, über den von oben ein steinerner Überhang ragte, auf dem eine Birke wuchs. Leider war von da aus keine Möglichkeit ins Wasser zu springen. Als sie die Eingangsstelle zum Bruch erreicht hatten, strebten die drei Jungs zielgerichtet auf die linke Plattform zu und stießen ihn an mitzukommen. Er zögerte und fürchtete, sie würden ihn auf die Mauer zerren und zwingen herunterzuspringen. Sie alberten aber nur mit Zoten herum, und der Rothaarige sagte: -Laß den kleinen Pisser! Der kann noch nicht!- Sie zogen sich nackt aus, als sie oben standen, was ungewöhnlich war, wenn ein Mädchen in der Nähe war. Er hatte Ursela aus den Augen verloren, weil er den Jungs hinterher getrottet war. Er drehte sich um und suchte mit den Augen, aber er fand sie nicht. Plötzlich erschien sie auf der Kanzel im Evakostüm, so sagt man vornehm unter Erwachsenen, wenn eine Frau oder ein Mädchen splitterfasernackt ist. Sie würde doch von da oben nicht runterspringen wollen. Er wäre bald hingefallen, weil er fehltrat auf dem Geröll, das auf dem Weg zur Plattform lag. Er drehte sich zu den Jungs um, die auch keine Anstalten machten ins Wasser zu springen. An der Steilwand, die von der Plattform senkrecht zum Wasser abfiel, stand in einer fremden

Schrift: -Gitler kaput-. Das hieß so viel wie: Mit Hitler sei es aus. Er hatte sich das mal von russischen Soldaten erklären lassen, die hier oben mit Feldküche, Maschinenpistolen und Wetterumhängen lagerten. Das fiel ihm jetzt ein, als er wieder zur anderen Seite zu Ursela hinsah. Sie stand da wie die Birke über ihr- bräunlich in der Haut, nur dort, wo die weichwelligen Stellen mit den rosaroten Kreisen und dem Knopf oben drauf zu sehen waren, leuchtete die Haut heller, genau wie um den Bauchnabel und um die Hüften, die ziemlich schmal waren, nicht so breit wie bei der Frau aus der Schublade seines Vaters. Auch hatte sie kein dunkles Dreieck zwischen den langen dünnen Beinen, sondern blonden Flaum, der nicht viel verdeckte. Sie hielt die Oberschenkel dicht beieinander und die Arme eng am Körper, schien sich aber nicht zu schämen. Und dabei strahlte sie wieder dieses Lächeln aus, das ihn beinahe in den Steinbruch wedelte, obwohl es diesmal anders war, herausfordernd, feilbietend, überheblich, kalt... Er war so gebannt, daß er die Jungs fast vergessen hätte, zumal er keine Geräusche von ihnen vernahm. Es war nicht so, daß er noch keine nackte Frau in Natura gesehen hätte. Einmal war er zusammen mit der Mutter unterwegs zu einer Entlausungsaktion weggefangen worden. Weil sie sich nicht trennen wollten, geriet er mit unheimlich vielen nackten Frauen unter die Duschen und wurde eng an sie gequetscht. Sie mußten sich gegenseitig abschrubben, mit einer Bürste, die vorher in eine Lösung getaucht wurde und die nach Lysol stank. Die ganze Aktion wurde von Männern geleitet, die an der Tür standen und ihre Witze machten über den kleinen Mann unter den vielen Weibern im Evaskostüm. Aber das hier war etwas anderes. Als er zu den Bauernjungs rübersah, staunte er, wie sie dort standen, ganz verspannt und starr mit ihren steifen Gliedern in der Hand, während sie zu Ursela hinstierten. Es sah so aus, als wenn sie sich selber melken wollten und sie machten auch fast dieselben Bewegungen, die er bei einem Schweizer im Kuhstall gesehen hatte, als dieser am Euter der Kuh hantierte. Wie die Leute aus der Schweiz in die Rinderställe der Lausitz kamen, das hatte er sich immer nur selber gefragt, aber noch keinen anderen. Wie er so an den Kuhstall dachte und an den Gestank, der ihm dabei in die Nase gekrochen war, wurde ihm plötzlich so speiübel, wie von dem Kartoffelsalat hinter den Glasscheiben damals. Er raste durchs Gebüsch, daß ihm im Gesicht weh tat und kotzte und heulte gleichzeitig auf den Moosboden im Wald, wohin er sich hatte fallen lassen. Wie konnte sie sich nur so zur Schau stellen, sie, die sonst so unnahbar war und sich hinter ihrem Lächeln versteckte wie hinter einem Schutzschild. Er erfuhr später von ihrem Großvater, der polnischer Abstammung war, daß die Mutter vor ihren Augen von polnischen Soldaten vergewaltigt worden war. Der alte Herr mit den schlohweißen Haaren, der in Haltung und Sprache stets etwas Würdiges hatte, berichtete ihm etwas ganz Erstaunliches. In Polen bekämpften sich nach Ende des Krieges zwei Armeen derselben Nationalität. Großvater Wesolek, so hieß Urselas Opa, konnte ihm nicht richtig erklären, welches die Guten und welches die Bösen waren. -Und wo waren die Russen?- fragte er -Die Russen waren auch da, aber sie konnten nicht überall sein, außerdem, was deutsche Frauen betrifft…- sagte der alte Mann, hielt dann inne, sah ihn an, als bemerke er erst jetzt, daß er mit einem Kind sprach und stieß einen ellenlangen Fluch in polnischer Sprache aus. Urselas Mutter war später auf dem Transport gestorben, nicht an den Folgen der gewaltsamen Liebe, sondern an einer doppelseitigen Lungenentzündung. Seit dieser Zeit habe seine Enkeltochter dieses seltsame Lächeln an sich, das ihn zuweilen ängstige. Er habe ja in Polen bleiben wollen, aber seine Tochter war auf der Suche nach ihrem Mann in Deutschland, weil der ja auch Deutscher war und sicherlich nach dem Krieg irgendwo nach Deutschland zurückgekehrt war, vielleicht nach Hamburg zu Verwandten, aber die sollen ausgebombt sein. Nun stand er allein auf der Welt in einem hochbetagten Alter und war verantwortlich für die Enkeltochter und deren zwei kleine Geschwister. In Ostpreußen hatte er eine finnische Sauna betrieben und er erklärte seinem kleinen Gesprächspartner, was das für eine gesunde Sache war. Hier war er dabei, wenigstens das Warmwasser-Wannenbad einzurichten, und er wollte es »Tannenbad« nennen, weil es in halber Höhe am Berg mitten im Wald lag, wo es zu den Steinbrüchen hinaufging. Hier in diesem Teil Deutschlands wußte man gar nicht, was eine finnische Sauna war. Immer wenn das Wort Deutschland fiel, hatte er ein zwiespältiges Gefühl. Früher als der »Führer« gesprochen hatte, war immerzu von Verbrechen an Deutschland die Rede. Das war ihm damals alles dunkel im Sinn geblieben, auch das Wort Verbrechen hatte für ihn keinen Inhalt. Was war das eigentlich für ein Gebilde »Deutschland«? Er erinnerte sich an eine Begebenheit aus der Heimatstadt. Im »WHW«, das hieß Winterhilfswerk, wurden Plaketten verkauft. Sie waren aus grauem Kunststoff und hatten die Form von kleinen Kriegsschiffen, vom U-Boot bis zum Kreuzer. Man konnte die Dinger auf den Tisch stellen und sie gegeneinander auffahren lassen. Spielzeug hatte er sonst keins und so bettelte er sich eine kleine Flotte zusammen. Die Schiffchen baumelten meist an einem Faden im Knopfloch des Besitzers und wiesen aus, daß derjenige etwas fürs Winterhilfswerk gespendet hatte. Einmal als er wieder ein begehrtes Exemplar am Jackenknopf eines Mannes hängen sah, rannte er drauf zu und bat darum. Der Mann war groß und sah düster aus. Er riß das graue Kunststoffschiff vom Knopf ab, klatschte es ihm in die Hand und sagte: »Schäm dich in Arsch rein, du und dein Deutschland!« Während er so dem davongehenden Mann nachsah, fühlte er verschwommen, daß der Mann recht haben konnte und er sich eigentlich schämen müßte, er wußte nur nicht so recht wofür, aber vergessen konnte er den Satz auch nicht. Was war das eigentlich für ein Gebilde, fragte er sich wieder… Jedenfalls hatte der Name jetzt keinen guten Klang und es lebte sich auch nicht gut in ihm. Er hatte das erste Mal etwas mehr gesehen von Deutschland als er im Januar '45 aus Schlesien mit einem Lazarettzug herausfuhr in eine unbekannte Ferne. Seine Mutter arbeitete damals als Schwester beim Roten Kreuz, um ein paar Pfennige zu verdienen, denn vom Vater konnte nichts kommen für den Lebensunterhalt. An dieser Stelle merkte er, daß seine Gedanken wieder anfingen, kunterbunt durcheinander zu purzeln, als ob er ein Karussell im Kopf hatte, das sich immer schneller drehte zu einer schrillen Musik, die immer höher wurde im Ton bis zu dem Punkt wo alles mißtönend und aufkreischend zusammenbrach und er mit leeren Augen dastand und nicht wußte, wo er sich befand. Das Karussell mit den Figuren aus der Vergangenheit und Gegenwart war zum Stehen gekommen. Und auf dem Karussell standen seine Mutter und er, zwei Schaufensterpuppen, steif und unbeweglich. Er hatte eine sogenannte Teufelsmütze, ein gestricktes unförmiges Ding auf dem Kopf, das er nur widerwillig trug, dazu ein Mäntelchen, das aus einer Jacke von Mutter geschneidert war und lange Strümpfe zu kurzen Hosen mit Unterhosen darunter. Er haßte sein Aussehen in der Erinnerung. Mutter wirkte in ihrer Rotkreuzschwesterntracht mit dem schwarzen Tuch darüber wie eine Elster, die die Flügel eingezogen hatte. Plötzlich standen sie auf dem Bahnhof der alten Oderstadt und starrten auf ein wahnsinniges Getümmel, das sich vor ihren Augen abspielte wie ein Schreckensfilm. Gepäckstücke aller Art und jeglicher Form, weggeworfen wie Ballast, lagen in der Bahnhofshalle herum, türmten sich übereinander und verstopften den herausstürmenden Menschen den Weg. Die Züge standen fauchend und ließen Dampf ab, die Menschen wimmelten wie Ameisen drumherum, krochen auf die Dächer, klammerten sich an Trittbrettern und Türgriffen fest. Die Loks setzten sich in Bewegung. Das Abfahrtsignal wurde nicht wahrgenommen und der Zug fuhr in den eisigen Januar hinaus mit Menschentrauben, die draußen dranklebten. Mutter nahm ihn an der Hand und sie stolperten über die Gleise an Güterzügen vorbei, die unheilvoll vorbeiquietschten, zumal es anfing dunkel zu werden. Sie waren nicht die einzigen, die auf den Gleisen umhertasteten wie aufgescheuchte Hühner. Ein Kind stand an einem Weichensignal und weinte mit Kohlenstaub vermischte Tränen, gefrorene Tränen, denn es war bitterkalt. Ein Eisenbahner trug das Kind fort, die Mutter zog ihn an der Hand, worauf er hinfiel, weil er den Kopf nach dem Kind gedreht hatte. Jetzt erst bemerkte er, daß die Mutter auf einen Zug zusteuerte, wo das Rote Kreuz schwach zu sehen war. Die Information, wo die Lazarettzüge hielten, hatte Mutter noch von Friedo. Er wußte immer genau, wann, wo und wohin welche Züge fuhren. »Mattel«, hatte er gesagt, »wenn es soweit ist und es wird bald sein, denn die Rote Armee ist nicht aufzuhalten, dann schnapp dir den Jungen und geh zu der Rampe, die ich dir gezeigt habe, wo die Lazarettzüge abfahren, laß dich nicht aufhalten, von niemand. Es kommen jetzt immer mehr Verwundetentransporte aus dem Osten, die in Richtung Dresden fahren.

Und wenn du mit dem Lokheizer schlafen mußt, die Leute haben im Winter wenig Überlebenschancen auf dem Treck. Der Junge hält das nicht durch.« So ein Blödsinn, dachte er noch, als Friedo das seiner Mutter mit gedämpfter Stimme sagte, warum sollte seine Mutter auf dem Tender schlafen, wo sie doch bei den Verwundeten gebraucht wurde? Sie waren kaum am Zug angelangt, da öffnete sich auch schon eine Tür und sie wurden von kräftigen Männerhänden hochgehievt und in den Wagen gezogen. Es waren umgebaute Güterwagons, die voller Doppelstockbetten standen, in denen Verwundete lagen. Es war warm und roch nach Schweiß, Tabak, nach Ausdünstungen aller Art und vor allem nach Lazarett. Die Mutter wurde sofort von einem Mann im grauweißem Kittel mit Beschlag belegt. Er durfte sich später zu einem Leichtverwundeten legen, der die Beine voller Granatsplitter hatte… Wie er so dalag neben dem jungen Soldaten, der ihm durch eine Drehung seines Oberkörpers Platz gemacht hatte auf der Pritsche, mußte er wieder an Friedo denken, dem sie zu verdanken hatten, daß sie so glimpflich davongekommen aus dieser zur Festung erklärten

Stadt, die dem Untergang geweiht war. Für Friedo hatte es immer eine Lösung gegeben, wenn es darum ging, anderen zu helfen, nur sich selber hatte er nicht mehr helfen können. Er hatte sich selbst nur geistesgegenwärtig einen schnellen Tod verschafft als letzte Wohltat. Und Lilo hatte bald darauf den dikken Fleischermeister Paul Linke geheiratet, mitten im Krieg, als man schon den fernen Geschützdonner zu hören glaubte. Es war schon komisch, Lilo hieß mit dem Mädchennamen auch Linke und so blieb sie halt Lilo Linke, wie früher. Die Hochzeit war wie eine Vorkriegshochzeit, so sagten die Gäste, weil Schlemmereien aufgetischt waren, die man nur noch vom Erzählen kannte und er nicht mal daher. Der Bräutigam mit weißer Papierblume im Knopfloch unterhielt mit heiserer volltönender Stimme die Gesellschaft mit witzigen Begebenheiten und Späßen. Als er seinen Hochzeitsanzug beim Schneider bestellte, hatte dieser gefragt, wie der Anzug sitzen solle. »Um a Arsch rum eck nich so greulich«, hatte Paul Linke, auf seine eigene Leibesfülle hinweisend, zu dem kriegsmageren Meister von der Elle gesagt und alle Gäste grölten fröhlich im Chor: »Um a Arsch rum eck nich so greiglich!« Auch wußte er, in Fahrt gekommen, zu berichten, daß er in seiner Jugend als Ringer im Sportverein aufmunternde Zurufe erhalten hatte, wenn er auf der Matte zu unterliegen drohte: »Halt dich wampig Paule, halt dich wampig!« Dabei klopfte er sich dröhnend auf den Bauch, als ob er einen solchen Zuruf je nötig gehabt hätte. Die Frauen unter den Gästen griffen nach dem in Schalen herumstehenden Konfekt und die Männer nach den scharfen Sachen in den Gläsern. Einer von den Gästen, der eine Nickelbrille aufhatte und links neben einer dicken Frau saß, die einen tiefen Blusenausschnitt hatte und ihren Busen auf den Tisch legte, als ob er zu schwer sei, sagte in einer Stimmungsflaute hinein: »Paul Linke ist ein Kerl wie dieser Franz Biberkopf aus dem Film, na wie hieß er denn gleich...« Keiner wußte es. Es hat auch wieder Krach mit Mattel, seiner Mutter, gegeben, weil sie wütend wurde, da er von den guten Sachen nichts aß, sondern nur die Nudelsuppe in sich reingeplempert hatte. Er mochte damals kein Fleisch, weil es ihm nur im Mund klumpte, und alle hatten Verständnis dafür, nur Mutter nicht die es gut mit ihm meinte. Als der

Bräutigam ihr widersprach und sagte: »Mattel, nun laß ihn doch reinplempern, was er will«, stand sie jähzornig auf und rannte weinend aus dem Zimmer. Paul Linke wollte ihr hinterher, um sie zu besänftigen, aber Lilo zog ihn an der Hand in einen anderen Raum neben der Fleischerei, von wo man bald darauf regelmäßiges Quietschen eines Bettgestells vernahm, worauf alle Anwesenden in Heiterkeit ausbrachen. Schließlich war Hochzeit und der Mann mit der Nickelbrille steckte seiner Nachbarin eine Kerze zwischen die Brüste, so daß die Frau aussah wie ein lebendiger Kerzenhalter. Sie spielte dieses Spiel mit und zündete die Kerze selbst an… Er sah sich auf dieser Hochzeit sitzen als einziges Kind unter lauter ausgelassenen Erwachsenen und mit einem mal wurde die Entfernung immer größer und das Bild dieser Hochzeitstafel immer kleiner und kleiner. Lilo und Paul Linke hatten bald nach der Hochzeit ein schnelles Ende gefunden, bei einem der wenigen Bombenangriffe auf die Stadt, als sie Leberwürste vom Laden in den Keller in Sicherheit bringen wollten. Er fuhr erschrocken hoch aus diesem Traum und merkte, daß sein Gesicht naß war von Tränen.

Die Bank unter der Weide, auf der er eingeschlafen war, hatte nur noch eine Strebe als Lehne und zwei zum Sitzen, weshalb er sich ganz lendenlahm fühlte. Er wollte jetzt so schnell wie möglich zur Mutter, weil er sich nach einem vertrauten Gesicht sehnte. Als er aufstand und sich streckte, vernahm er hinter sich Hundegekläff und ein weißer Spitz fuhr ihm zwischen die Beine und biß ihn in die linke Wade. »Eines mußt du dir merken,« hatte die Biber-Oma einmal zu ihm gesagt, »du darfst nie zu den letzten gehören. Denn die letzten beißen die Hunde.« Er muß wohl zu den letzten gehören, denn das war schon der zweite Hund, der ihn in kurzer Zeit gebissen hatte. Vielleicht lag es auch an dem Fleisch, das er in letzter Zeit gegessen hatte und die Hunde rächten sich auf ihre Weise an ihm, aber warum gerade an ihm? Der Hundefänger aus der Nachbarschaft, wo sie ihr Zimmerchen hatten, war noch nie von einem Hund gebissen worden. Dieser Köter mußte einen guten Geruchssinn haben und riechen, daß er Angst hatte. Mit den Gänsen war es genau so. An keiner Gänseschar kam er vorbei, ohne daß ihn nicht die Ganteriche flügelschlagend und zischend verfolgten. Sie zischten bis in seine Träume, wo sie immer nach seinem Schniepel schnappten und das Hemd, das er im Alptraum anhatte, wurde immer kürzer. Und überhaupt plagten ihn schreckliche Alpträume. So hatte er bisweilen den Wahnsinnstraum, daß er mit einem Toten in den Sarg gelegt worden war und als ihm die Luft knapp wurde, hatte der Tote gesagt: »Öffnen mußt du den Sarg schon, denn ich kann es nicht mehr.« Vielleicht kam es daher, daß sie öfter mal auf Friedhöfen genächtigt hatten, die Mutter und er, zusammen mit anderen Flüchtlingen, weil dieser Ort am sichersten war. Er rannte jetzt an der Ecke vorbei, wo die Roßgaststätte war und die Pferde zu Mittagessen verarbeitet wurden. So hatte man ihm erzählt und deshalb ging er immer scheu an diesem düsteren Lokal vorbei, wo drei Stufen zu einer Pferdehölle raufführten, wie er sich das vorstellte. Gegenüber von dieser Gaststätte befand sich das ehemalige Kino mit leeren, zerschlagenen Schaukästen und verschlossener großer Eingangstür. Hinter dieser Tür konnte sich eine Welt von Abenteuern und geheimnisvollen Vorgängen verbergen, wenn sie sich auftat und man hineingehen konnte, in einen verdunkelten Saal, in dem durch dumpfen Glockenton angekündigt wurde, daß man eingeladen wurde, Dinge zu sehen, die es sonst nicht gab. Die Schwester seiner Mutter war Platzanweiserin in einem Zeitkino, am Tauentzienplatz seiner Heimatstadt gewesen und so war er oft untergetaucht in eine andere Welt voller kurioser und erstaunlicher Ereignisse... Frontberichte, Varieté und Zeichentrickfilme ließen ihn die Steinbaracken vergessen. Er durfte so lange sitzen bleiben wie er wollte, oder bis ihn der Hunger aus dem Dunkel wieder raustrieb. Onkel Männe, dem Mann mit dem seidigen dunklen Haar, konnte er erzählen, was er gesehen hatte. Die anderen Erwachsenen hörten kaum zu, wenn er sich mitteilte und sagten nur: »Ja, ja, schon gut, sehr schön, amüsier dich nur, so gut du kannst, das Leben wird noch schwer genug für dich.« Er wurde immer wütend, wenn er solche blöden Reden hörte. Onkel Männe hatte ihm aufmerksam zugehört und war nachdenklich geworden. »Du solltest nicht so oft hingehen, obwohl ich verstehe, daß du es tust. Das menschliche Gedächtnis ist wie ein Schlamm und wer als erster hindurchfährt, hinterläßt die tiefsten Spuren. Du solltest eigentlich etwas anderes sehen in deinem Alter als gefälschte Frontberichte und nichtssagende Zeichentrickfilme und Fronttheater, das die Landser unterhalten soll.« Wieso ein Gedächtnis ein Schlamm sein sollte, hatte er nicht begriffen und die Zeichentrickfilme fand er einfach knorke, wie seine Kumpels sagten, die er auch mal ins Kino reinschleuste zum Seiteneingang wenn seine Tante vorne Leute reinließ. Aber jetzt dachte er darüber nach, daß es schon eine seltsame Scheinwelt war, die da in ihn hineingeflimmert worden war, eine Welt zwischen Ulk und Grauen, garniert mit gefilmten Kinderlandverschickungen und Winterhilfswerken, blonden Sportsleuten und dunklen Untermenschen aus dem Osten. Allmählich fing ihm an zu dämmern, was Onkel Männe gemeint haben mochte. Manchmal kamen die Leinwandbilder aus seinem Inneren wieder nach oben und er verglich sie mit dem, was er bisher so gesehen hatte, unterwegs und zuhause. Es war nicht die Wirklichkeit gewesen, sondern es war so, wie andere wollten, daß er es sehen sollte. Auch fing er an, den Erzählungen der Erwachsenen und besonders denen seiner Mutter zu mißtrauen. Er fand heraus, daß sich die Geschichten die sie erzählte, jedes mal veränderten, wenn sie sie in einem anderen Kreis erzählte. Sie machte sie für andere Zuhörer wieder anders zurecht. Bei der fünften Nacherzählung konnte sich alles so verändert haben, daß man es nicht wiedererkannte. Seine Proteste wurden niedergezischt, obwohl sie manchmal rot dabei wurde und er wußte nicht, ob vor Wut oder Verlegenheit. Es war schon spickig, daß die Erwachsenen solche Schwierigkeiten mit der Wahrheit hatten. Sie kneteten und drückten an den tatsächlichen Begebenheiten solange herum, bis sie das Aussehen hatten, das sie wünschten. Und so war es wohl auch ein bißchen mit den Filmen, die er gesehen hatte. Irgendwie waren sie nicht wirklich. Der Zirkus damals am Schießwerder, der hatte ihm zu denken gegeben. Da hatte er eine Vergleichsmöglichkeit mit dem, was er im Zeitkino gesehen hatte. Als er nicht reinkam in den Zirkus, weil er kein Geld hatte, war er hintenherum geschlichen, hatte den schäbigen Wohnwagen, das Durcheinander und den Schmutz gesehen und einen Clown ohne jeden Humor, der mit einem todtraurigen Gesicht dastand und aus einem Wehrmachtskochgeschirr eine dünne Suppe löffelte, deren

Rest er angewidert weggoß. Ein Mädchen machte zwischen zwei Wagen Tanzschritte und sah dabei angestrengt und müde aus. War das der wirkliche Zirkus? Vielleicht gab es immer zwei Wahrheiten oder mehrere? Da war so eine Geschichte, die ihm beim Baden in der Oder passiert war. Die Jungs aus den Steinbaracken gingen nicht ins Bad, wo man Eintritt bezahlen mußte, sondern sie sprangen im Sommer von den am Ufer ankernden Oderkähnen ins Wasser. Das war nicht ungefährlich und die Schiffer mochten das nicht und vertrieben die badenden Kinder mit Stangen und mit Drohungen. Und so war er einmal kopfüber ins Wasser gestürzt, als der Schiffer aus der Kajüte angetobt kam, hatte sich die Hand an einem rostigen Stahltau aufgerissen und war beim Herauslaufen in seichtem Wasser in eine zerbrochene Flasche getreten. Am Land merkte er, daß sein Fuß blutig klaffte. Ein alter Mann mit einem Jungen an der Hand, der in seinem, Manneles Alter war, wollte, daß der Junge auf die Wunde pinkelte, um das Blut zu stillen. Da fing er an zu schreien und lief weg, hinkend und so schnell er konnte in Richtung der Steinbaracken. Seine Mutter war aber gar nicht zuhause, wie ihm unterwegs einfiel, weil sie mit einem internierten Franzosen, der im Oderhafen arbeitete, auf der anderen Seite der Oder zum Sonnen auf der Wiese lag. Kurz vor den Steinbaracken holte ihn der Franzose ein, der auf das Gebrüll hin über die Oder gekrault war und verarztete ihn fachmännisch, weil er nämlich zuhause in Frankreich Mediziner war. Der Franzose mußte dann wieder zurückspringen und über die Oder kraulen, weil er eigentlich nur Pause hatte. So hatte er das damals jedenfalls verstanden. Wenn die Mutter diesen Vorfall erzählte, veränderte sich alles stets gewaltig. Mal hatte sie ihn aus dem Wasser gezogen, mal der Franzose, dann hatten sie ihn an Ort und Stelle verarztet und die Mutter hatte den Schiffer zur Schnecke gemacht wie sie sich ausdrückte. Immer erzählte sie den Vorfall so wie er sich nicht ereignet hatte. Das einzige, was unverrückbar an derselben Stelle blieb, war die Narbe, die über den ganze linken Fußballen lief wie eine Spinne. Der Laden, wo seine Mutter jetzt arbeitete, war eine ehemalige Schusterwerkstatt mit lauter Regalen für Schuhe, jetzt sollte eine Bücherei daraus gemacht werden und die Mutter war dabei behilflich. Sie sortierte Bücher aus, die aus herrschaftlichen Beständen kamen. Sie, das war die Mutter, und ein Mann, der ganz alt aussah, aber noch nicht so alt war. Er hieß Wilhelm, ließ sich aber nur Wilm nennen mit der Bemerkung, daß er den Helm für alle Zeit abgelegt habe. Wilm hatte lustige Sprüche auf Lager, die er mit ernstem Gesicht hersagte: »Ich muß mal so alt werden wie ich aussehe.« Die Straße vom Kino bis zum ehemaligen Schusterladen zog sich in die Länge und ihm fiel ein, daß er den Rucksack vergessen hatte, in dem er die ausgelesenen Bücher mitbringen sollte, um wieder neue mitzunehmen. Die Angst vor dem Donnerwetter der Mutter hielt sich die Waage mit der Hoffnung, daß Wilm mit seiner besänftigenden Art oder mit einem Witz sie beschwichtigen könnte. Aber es war ihm oft schon gleichgültig geworden, wie die Mutter sich verhielt weil ihm klar wurde, daß er nicht immer mit Schiß in den Hosen vor der Mutter herumlaufen konnte. Manchmal tat er auch schon Dinge, von denen er wußte, daß es Ärger geben würde. Den Rucksack mit den Büchern hatte er zwar nicht absichtlich vergessen und so ganz egal war es ihm auch nicht, aber er mußte es darauf ankommen lassen. Seine Großmutter mochte den Ausdruck -es ist mir egal- nicht. Sie sagte: »Egal ist zwei mal für zehn Pfennig Leberwurst.« Das war einer ihrer Lieblingssätze, weil ihr eben nichts egal war und sie immer eine Meinung hatte.

Der Mann mit dem kleinen Schnurrbart und der großen Schnauze ist zuvielen Leuten egal gewesen, deshalb ist er an die Macht gekommen, pflegte sie zu sagen, wenn damals die Rede auf Adolf Hitler kam. Wie aus heiterem Himmel ging urplötzlich ein Regenguß nieder, als hätte jemand oben eine Badewanne ausgekippt, wie im Schrebergarten in Oswitz damals in glücklichen Zeiten bei der Biber-Oma. Er hatte die Badewanne, eine ausrangierte, verbeulte Wanne umgekippt, die auf Ziegelsteinen wacklig mehr hing als stand. Er wartete auf das Ungewitter, das auf ihn niederprasseln würde, als er die Überschwemmung sah, aber die Biber-Oma lachte nur und sagte: »So ein teelscher Kalle«, das sagte sie immer, wenn einer etwas Verrücktes angestellt hatte. »Kaum, daß er über den Rand der Welt blicken kann, schon bannt er etwas, nur gut, daß er die Wanne nach der anderen Seite umgetöppert hat!« Wieder so ein Wort, das hier keiner verstehen würde: man hat etwas ›gebannt‹, wenn man Unfug getrieben hat. Er wußte gar nicht, wie man das aufschreiben sollte, weil der Vokal ein Mittelding zwischen a und o war. Er war stolz auf das Wort ›Vokal‹, das er in der Dorfschule bei einem Neulehrer namens Nutnitschansky gelernt hatte. Der Neulehrer war schon ein »älterer Herr über 50, der auf Lehrer umgeschult worden war«, wie er es selber ausdrückte. Früher war er Schauspieler gewesen, was er nicht verbergen konnte und auch nicht wollte. Wenn er früh in die Klasse kam, stellte er mit stummen Gebärden einen Mensch dar, dessen Beruf die Schüler erraten sollten. Wer ihn zuerst erriet, bekam einen Bonbon, den er meist irgendwo hervorzauberte, mal einem Schüler aus der Nase, mal einer Schülerin aus den Zöpfen. Oft erzählte er Geschichten von der Wanderbühne und vom Sommertheater, Begriffe, die ihnen fremd waren und danach bekam er stets einen traurigen Ausdruck im Gesicht, blickte verloren durch die Fenster des alten Schulgebäudes auf die Dorfstraße und schneuzte sich gewaltig in ein großkariertes, riesiges Taschentuch, daß ihm immer aus der Hosentasche sah. So erzählte er, daß er sich einmal in der Eile für ein falsches Theaterstück kostümiert hatte, nachdem der Bürgermeister ihn vorher zu einem Umtrunk in einer Kleinstadt in Ostpreußen eingeladen hatte. Obwohl er sich große Mühe gab, hatten die Leute in dem traurigen Schauspiel nur gelacht und zum Schluß gewaltig Beifall geklatscht. Später war man des Erfolgs wegen bei dieser Kostümierung geblieben. Zwischen den anderen Lehrern sah er wie ein bunter Vogel unter Spatzen aus. Neue Lehrbücher gab es noch nicht und so stellte er selber Texte fürs Diktat zusammen, in dem unter anderem der Satz darin vorkam: Wenn die Soldaten vorbeimarschieren, winken die Frauen ihnen mit Tüchern zu und sie erhalten eine Quarkschnitte. Ein Satz, in dem viele Vokale vorkamen. Wie er damals den Satz nach dem Gehör niederschrieb und über die Schreibweise von Quark nachdachte, fragte er sich gleichzeitig, wer eigentlich die Quarkschnitte erhielt. Otto Nutnitschansky, von den Kollegen ›Opern-Otto‹ genannt, sammelte die Diktathefte ein, schlug das Heft des Klassendümmsten, des kleinen Streibel auf, fing an zu lachen konnte sich nicht mehr halten vor Gelächter und kippte samt Stuhl vom Podest des Katheders. Max Streibel hatte den Satz in einer verkürzten und veränderten Art niedergeschrieben: »Wenn die Soldata vorbeimechanieren, erhalten sie eine Quauchenbemme.« Maxe Streibel schrieb nie etwas richtig auf. So hatte er einmal aus dem Satz: »Heute Abend ist Film«, den unverständlichen Satz: »Hinde nohmtsch is Flim« gemacht, so wie er es sprach und nicht so wie der Lehrer es diktiert hatte. Die Schüler halfen ihrem Lehrer wieder auf die Beine, alle tobten und schrien vor Gelächter und am meisten Maxe Streibel, weil er die Ursache für die allgemeine Heiterkeit war. Leider wurde ›Opern-Otto‹, den seine Kollegen so nannten, weil er ihrer Meinung nach immer Opern erzählte, von einer resoluten Fleischerswitwe weggeheiratet, zu den Fleischtöpfen, wie er selber sagte und zog dann weg. Er hatte das schon mal in der Klasse angedeutet mit der ihm eigenen theatralischen Ausdrucksweise: »Es ist nicht gut, daß der Mensch allein sei.« Seine erste Frau war während der Zeit des Fronttheaters mit einem Fliegeroffizier weggeflogen. Er bekam als einziger Schüler von ihm drei Bücher geschenkt: Dr. Georg Stem, Französische Grammatik

Teil I, Laut-, Schrift-, und Formlehre, Teil 11, Satzlehre und ein französisches Übungsbuch für die Mittelschule von Dr. Albrecht Reum, erschienen zu Bamberg im CC: Buchner Verlag 1893. Es waren dunkelgrüne, in altmodischer Schrift gedruckte, hochformatige Bücher mit starken Einbanddecken, in denen viele seltsame Wörter standen, die schwer auszusprechen waren. Innen stand eine Widmung und zwar in jedem Band: Seinem lieben Manfred zum Abschied, gewidmet von seinem ehemaligen Klassenlehrer Otto Nutnitschansky. Nach Opern-Ottos Weggang kam sich die Klasse ziemlich verlassen vor. Sein Nachfolger war ein entnazifizierter Berufsoffizier, nahmens Frohberg, an dem aber nichts froh war. Anstelle des lustigen Beruferatens mußten alle aufstehen und es durfte sich nur der hinsetzen, der am schnellsten das große Einmaleins konnte. Wenn Opern-Otto gesagt hatte: »Freut Euch meine Kinder, die Sonne scheint auf euch hernieder«, sagte Frohberg dagegen schadenfroh wenn es regnete: »Der Himmel weint über eure Unkenntnis.« Daran mußte er denken, als er in einem Hauseingang vor den stachelbeergroßen Tropfen, die vom Himmel fielen,

Schutz gesucht hatte. Wenn sich alle gesetzt hatten, wobei er einer der letzten war, weil er Angst vor dem Lehrer hatte und das große Einmaleins schlecht konnte, mußten alle wieder aufstehen und einen Spruch hersagen, den der ehemalige Berufssoldat mit Kasernenhofstimme vorsagte: »Es grüne die Tanne, es wachse das Erz, Gott schenke uns allen ein fröhliches Herz«, oder »Froh zu sein bedarf es wenig, doch wer froh ist, ist ein König.« Der Mann ist ein Zwölfender, wie seine Kollegen sagen, ein Mann, der zwölf Jahre gedient hat und, bei dem alles militärisch aussieht und zugeht. Er mußte im Hauseingang etwas beiseite treten, weil eine Frau mit einem Korbkinderwagen an ihm vorbeirollte. Wie er so einen Blick auf das Kleinkind warf, das rosig in Kissen lag, mit geschlossenen Augen und einem seligen, sanften Lächeln um den Nuckel herum, hatte er ein Gefühl von Neid wegen des Behütetseins und hätte gern in dem Wägelchen gelegen und das alles noch nicht erlebt, was ihm begegnet war. Inzwischen hatte sich auf der Straße ein Naturschauspiel ereignet. Die eine Hälfte der Straße war sonnenbeschienen und es stieg ein leichter, flirrender Dampf vom

Pflaster auf. Auf der anderen Seite der Straße, nach rechts hin, regnete es noch in feinen dünnen Strähnen und links über die Straße spannte sich ein in allen Farben leuchtender Regenbogen, von einem Dach zum anderen. Die Frau mit dem Kinderwagen ging nach links ins Licht, er mußte nach rechts in Richtung Regen und blieb deshalb noch stehen. Dieser neue Klassenlehrer war ein Alptraum für ihn. Durch die lange Flucht hatte er wenig Ahnung vom Rechnen, weil er Schule versäumt hatte und die Mutter war auch nicht geübt im Umgang mit Zahlen. Ihm graulte jeden Morgen vor dem Gang zur Schule, wenn sie bei dem Mann mit dem Militärhaarschnitt Unterricht hatten. Frohberg hatte auch bald seinen Spitznamen weg, der sich auf sein Äußeres bezog. Sein Gesicht war eckig und bräunlich und obendrauf wirkte des kurze helle Haar wie Mehl. Die Schüler nannten ihn: Das Kommißbrot. Wenn er das von einem Schüler auch nur andeutungsweise hörte, wurde er fuchsteufelswild und schikanierte ihn. Und der Schüler Manfred Breslauer gehörte auch zu den Schikanierten, was mit dessen Haarschnitt zu tun haben sollte, wie sich bald herausstellte. Den Hitlerjungen-Haarschnitt hatte er gehaßt wie zehn Pfund grüne Schmierseife, auch ein Ausdruck der Bieber-Oma, und sobald die Zeit vorbei war, die er nur mit Glück und durch Zufall überlebt hatte, ließ er sich die Haare länger wachsen, was die Mutter schon zu dem Ausruf veranlaßt hatte: »Du siehst ja aus wie der Rampa!« Wer der Rampa war, wußte er nicht und er fragte auch nicht danach. Der Haarschnitt hieß bei ihm ›Überleger‹, eine der wenigen Bezeichnungen, die er von seinem Vater in Erinnerung behalten hatte. ›Überleger‹, die hatte sein Vater auch getragen, einen Haarschnitt, wo die Zodeln, wie sie in der Lausitz sagten, bis ins Genick als dichte Dekke geschlossen anlagen und der mit einem Rundschnitt, nicht Fassonschnitt -das war etwas anderes- abgeschlossen wurde. Sein welliges Haar machte er oft naß, damit es anlag und nicht herumflatterte. Dem »Zwölfender« schien seine ganze Erscheinung nicht zu passen und so wurde er eines Morgens noch vor dem großen Einmaleins aufgerufen und mußte sich vor die Klasse stellen. Die Mitschüler sollten sagen was ihnen besonders auffiel an ihm. Der eine sagte, der springt immer rum wie ein Gummimännel, der andere fand die Sprache komisch, der dritte sagte etwas, an das er sich nicht mehr erinnern konnte. Er hatte ein Sausen in den Ohren und fühlte sich wie an den Pranger gestellt. So einen Pranger gab es vor dem altehrwürdigen Rathaus seiner Heimatstadt, wo im Mittelalter die Verurteilten für die Öffentlichkeit und Demütigung zur Schau gestellt wurden, wie er einmal von Onkel Männe erfahren hatte. Besonders Juden stellte man gern und schnell an den Schandpfahl und er konnte es in dem Augenblick nachempfinden, wie das gewesen sein mußte. Da stand er nun, ein Umsiedler, ein Flüchtling ohne Zuhause und ohne Vater, der ihn hätte verteidigen können und war diesem ehemaligen Landserschinder ausgesetzt. Frohberg war mit den Antworten der Schüler nicht zufrieden und befahl, daß er sich vornüber beugen solle. So stand er eine Weile mit gesenktem Kopf und besah sich die klobigen geflickten Schuhe, die die Mutter immer wieder »zusammenpansterte«, wie er sich ausdrückte, als ihm Frohberg plötzlich mit harter Hand ins Genick fuhr und ihm die Haare nach vorne riß, weil sie nicht allein nach vorn fielen. Das tat ihm weh und er befreite sich mit einem kleinen Aufschrei von der Hand und rannte auf seinen Platz, wo er mit zittrigen Händen, mit gespreizten Fingern durchs Haar fuhr, während ihm die Tränen der Wut und Erniedrigung in die Augen schossen. Der Pauker hatte seine Genugtuung, ging zum Unterricht über, vergaß darüber sogar das große Einmaleins, während die Mitschüler teils schadenfroh, aber größtenteils bedrückt, herumsaßen und bald ihn, bald den Lehrer musterten. Heribert Sommer, sein Banknachbar, ein Junge aus dem Sudetenland schob ihm einen Zettel rüber, wo draufstand: »Laß nur, wir werden es dem Schwein herricht noch eintränken!« Heribert betonte die Wörter auf eine seltsame langgezogene Weise beim Sprechen, besonders am Anfang jeder Silbe. In seinem Kochgeschirr brachte er oft eine Art von Kuchen mit, den er als Buchteln bezeichnete, die so in seiner Heimat gebakken wurden. Vom Sudetengebirge erzählte er mitunter in Wendungen, die ihm nicht recht verständlich waren, weil er aus der schlesischen Tiefebene kam, wo man anders sprach. Heribert erklärte sie ihm geduldig, so gut er konnte, wenn er ihn fragte, aber manchmal sagte er auch nur: »Das heißt herricht so, warum, weiß ich auch nicht. Da müssen wir uns mal erkundigen.« Heribert und er hatten es dem ›Schwein‹ allerdings nie eintränken können, weil Heribert bald mit seiner Familie ins Zittauer Gebirge verzog, wo sie Verwandte hatten. Auch waren Mutter Sommer die Hügel in der Lausitz zu flach, sie brauchte herricht hohe Berge. Inzwischen hatte Mutter Breslauer in der Schule für Aufsehen gesorgt, weil sie wutentbrannt, wie sie sein konnte, in die Schule gestürmt war, in den Unterricht einer Klasse platzte und dort Lehrer Frohberg einen Kommißschädel geschimpft hatte und ihm eine Wucht angedroht hatte, falls er noch mal ihrem Jungen an die Haare ginge. Die Mutter hatte, um ihre Ansichten ernsthaft zu unterstreichen, mit einem Krückstock, auf den sie sich stützte, weil sie zeitweilig unter Ischias litt, mächtig auf das Katheder gedonnert und dabei ein Tintenfaß zerschlagen, dessen Inhalt auf dem Holz des Lehrertischs zerfloß. Er war sehr stolz auf seine Mutter, ging aber seitdem mit noch mehr Angst in die Schule. Frohberg behandelte ihn wie ein rohes Ei, aber er hatte das Gefühl, daß jetzt eine Zeitbombe in seinem Rücken tickte und daß sie losgehen konnte, wenn Frohberg sicher sein konnte, damit nicht in Zusammenhang gebracht zu werden. Inzwischen hatte der Regen, immer dünner werdend, sich verdampft und die Straße war naß und sauber wie eine aufgewischte Stube. Er mußte jetzt weitergehen, obwohl er ein dumpfes Gefühl hatte, als ob ihn nichts Gutes erwarte. Wenn er der Mutter von solchen dunklen Vorahnungen berichtete, sagte sie zwar: »Du bist eine alte Unke«, aber sie fing an, ihn gelegentlich zu befragen, ob er ein gutes Gefühl habe. Dabei kam er sich fast wie ein Erwachsener vor. Abergläubisch wie sie war, hatte sie auch eine Menge Sprüche auf Lager, die ihn belustigten, aber auch Angst machten zum Teil. Etwa so: Hände besehen gibt Ärger… und dann soll man gleich auf die Füße sehen als Gegenmittel / Salz verschütten bringt Unheil / Wenn zwei dasselbe Wort zu gleicher Zeit aussprechen, dann bleiben sie ein Jahr zusammen. Bei Gewitter mußte er sich ausziehen, sich an den Tisch setzen und durfte nichts essen. Der Spruch dazu lautete: Den Beter läßt er beten, den Schläfer läßt er schlafen, den Fresser schlägt er tot! Wer eigentlich ist mit ›er‹ gemeint dachte er dabei, doch nicht etwa der liebe Gott? Warum sollte er einen, der, wenn es donnert, Hunger hat, totschlagen wollen? Jetzt hatte er wieder so ein flaues Gefühl in der Brust, wie damals, als sie vor Kriegsende ins Niemandsland gerieten, als die Granate explodierte und der Splitterhagel ihn nicht erreichte, weil er wegen einer Katze auf die andere Straßenseite gegangen war, wo ihn eine Mauer schützte. Der Junge, der ihn ausgelacht hatte und geblieben war, wurde von den Splittern regelrecht durchlöchert. ›Schwarze Katze von links nach rechts – bringt schlechts.‹ Deshalb war er nur auf die andere Straßenseite gegangen und das hatte ihm das Leben gerettet. Wenn man das Pfeifen der Granate hörte, war es schon zu spät, hatten ihm die Landser gesagt. Da konnte man nur noch Glück haben. Als er auf der anderen Seite war, hörte er das Krachen fast zusammen mit dem Pfeifen. Als er vor dem Laden stand, hatte er auch das Gefühl, als habe es auch hier gerade eingeschlagen. Das Gefühl der Bedrohung verstärkte sich, zumal die Rollos heruntergelassen waren und er nichts sehen konnte. Meist hatte ihm die Mutter und Wilm zugewinkt und Wilm hatte dann Grimassen geschnitten, die beide zum Lachen brachten, die Mutter und ihn. Wilm hatte ein Gesicht wie ein Zirkus-Clown, das mußte man schon sagen. Ziemlich große, abstehende Ohren, ein fast weißes Gesicht mit großen dunklen Augen, um die braune Ringe gelagert waren. Die blasse Farbe hatte er vom Zuchthaus, in das ihn die Nazis gesperrt hatten und die dunklen Ringe um die Augen kamen von seiner schlechten Gesundheit, die er dem Zuchthaus zu verdanken hatte. Die Mutter saß zwischen den Bücherbergen hilflos und verlassen da und schien ihn gar nicht wahrzunehmen. Es mußte etwas geschehen sein, das sie erschüttert hatte. Ihr Gesicht war wie eine Maske. Auch schien sie ihn kaum zu bemerken und nickte nur unmerklich in Richtung des Nebenzimmers. Das war ein kleiner Raum mit einem Tisch und zwei Stühlen, wo sie meist etwas ›schnabulierten‹ wie Wilm sich ausdrückte, etwas, das auch immer Wilm organisiert hatte. Manchmal waren es nur kalte gekochte Kartoffeln mit Wasserrüben, aber die schmeckten köstlich. Nun lag Wilm auf dem Tisch, langgestreckt, die Hände an der Seite neben dem Körper und er wußte sofort, daß da keine Hoffnung mehr war.

Genug Tote hatte er gesehen, um zu wissen, wann einer tot war. »Mattel«, soll Wilm gesagt haben, ich glaube, ich kratze ab, daß du mir ja nicht die Hände über dem Bauch faltest«, hatte sich auf den Tisch gelegt und da lag er nun. Die Mutter hatte ihm nicht mal die Augen zu schließen brauchen. Er hatte sich hingelegt, um zu sterben, ohne jemand noch Arbeit zu machen dabei. Die Mutter zog ihn von der Tür weg und schob ihn nach draußen, wo die Sonne schien. »Die Genossen holen ihn ab«, würgte sie heraus, als er sie fragend ansah. Sie ging einfach weg, ließ die Tür offen und war völlig fertig, was ihr anzusehen war, weshalb er auch kein Wort mehr wagte und nur so neben ihr hertrottete. Die ausgemergelte Gestalt von Wilm erinnerte ihn an eine Geschichte, in die er geraten war. Wieder mal war er mit der Mutter unterwegs gewesen, irgendwohin unterwegs, manchmal wußte er gar nicht mehr, wohin und warum. Doch jetzt wußte er es genau. Sie waren in Richtung Breslau zurück unterwegs. Durch das zerstörte Dresden liefen sie auf einem Trampelpfad, rechts und links waren Geröllmassen, Restgebirge von zerstörten Häusern, die nicht mehr wie Behausungen aussahen, sondern wie Schutt, der wie von einem Riesentrichter vom Himmel gerieselt zu sein schien, ohne Form und Gestalt. Manchmal hatten sich noch Außenfassaden erhalten, die dem Feuerdruck getrotzt hatten. Diese Fassaden sahen aus wie Riesenskelette, die jeden Augenblick umkippen konnten auf die Menschen, die ameisenhaft über den Schutt krabbelten. Durch diese Schuttwüste wanderten sie endlos lange immer auf dem Trampelpfad bis an eine Kreuzung, wo rechts und links wieder ein Pfad abging, ohne Wegweiser, manchmal krümmte sich noch ein Straßenschild wie eine neckische Fahne, die man in einen Sandhaufen gesteckt hatte. Leute wühlten in den Trümmern, manche trugen in den Zinkbadewannen Reste menschlicher Wesen weg und über allem lastete ein süßlicher Geruch, Leichengeruch, sagte die Mutter. Der Hunger zauberte gelegentlich bunte Flecken vor seine Augen und die Zunge lag ihm rauh und trocken wie ein Bimsstein im Mund. Als es dunkel wurde, gerieten sie in Panik und liefen schneller, um irgendwo einen Platz für eine Übernachtung zu finden. Da ertönte, unwirklich nah und eindringlich, das Geräusch von Eisenbahnwaggons, die aneinanderstießen und weiterrückten, ein stuckerndes Geräusch von Eisen auf Eisen. Er kannte das Geräusch vom Odertorbahnhof seiner Heimatstadt. Vom Fenster im vierten Stock, wo die Bieber-Oma wohnte, konnte man sehen, wie die Rangierloks Güterwagen zu einem Zug zusammenbugsierten und dabei gab es dieselben Geräusche, die in den Ohren schmerzten. Als sie um den nächsten Trümmerberg herumgehastet waren, kamen sie tatsächlich an Gleise, auf denen Güterwagen bewegt wurden, und was das wichtigste war, die Eingangstüren gähnten dunkel und offen. Irgendeine Stimme sagte im Dunkeln: »Der Zug geht in Richtung Osten«, und es huschten Gestalten über die Gleise, um in die Waggons zu klettern. Sie stolperten in die Richtung eines Güterwagens, der überdacht war und eine offene Tür hatte. Mit oben offenen Güterwagen hatten sie schon schlechte Erfahrungen gemacht. Erst warf die Mutter ihren Rucksack ins Dunkle, dann warfen sie beide seinen Rucksack ebenfalls ins Innere des Waggons und hangelten sich hoch und hinein. Zunächst glaubten sie allein zu sein, aber dann waren leise Stimmen zu hören. Vielleicht waren es Leidensgenossen, die da entkräftet auf Stroh lagen, an die er sich jetzt wieder erinnerte, wenn er an den toten Wilm dachte. Wichtig war damals nur, daß sie nicht wieder sofort hinausgeworfen wurden, und daß es Richtung Heimat ging. Als der Zug endlich anfing zu zuckeln und loszuruckeln schlief er, dicht an die Mutter gedrängt sofort ein. Er lag in der Nähe der offenen Waggontür, von der kühle, aber angenehme Sommerluft hereinwehte. Die Mutter machte sich im Innern des Waggons zu schaffen und war den Leuten behilflich, die auf Stroh lagen und mit grauen Decken zugedeckt waren. Es war ziemlich duster im Waggon und man konnte nicht genau sehen, wer dort lag. Manchmal hörte er Laute, die sich nach Polnisch anhörten. In seiner niederschlesischen Heimat hatte er kaum ein polnisches Wort gehört, aber von Oberschlesiern, die in der Stadt waren, hatte er hie und da eine polnische Wendung aufgeschnappt, wie ›Wszystko jedno‹ oder ›pocałuj mnie dupe‹, das hörte sich im Deutschen an wie ›schisko jenno‹ oder ›Zahl mi dupe‹. So hatte die oberschlesische Nachbarin bei der Bieber-Oma einmal ihren Sohn gerufen und ihn ermahnt: »Egon, wirst du nicht fahren am Rade von Papa!« Oder sie sagte: »Egon, spiel nicht im Hausflur, geh auf die frische Luft!« Und dann fluchte sie halb polnisch halb deutsch: »Psia krew cholera! Perunje bei Gleiwitz!« Das, was die Leute im Waggon miteinander redeten klang so ähnlich, aber er konnte nur Bruchteile verstehen. Näher heran wollte er sich nicht pirschen, denn er war nur geduldet hier! Wer weiß, plötzlich fand jemand heraus, daß er nicht dazu gehörte und warf ihn raus. Sie waren ja stets auf diese Weise unterwegs, ständig in Angst, irgendwem unangenehm aufzufallen. Die Landschaft, die an der Tür vorbeizog, der Zug fuhr sehr langsam, erinnerte ihn an Heimatfilme. Sanfte Hügel, Täler, in denen Dörfer zu sehen waren, die in der Sonne unbeschädigt dalagen, als hätte es nie Krieg gegeben. Mehrfach war der Zug stehengeblieben und da sah man die Beschädigungen, die der Krieg angerichtet hatte: zerstörte Brücken, niedergewalzte Wälder, angeschossene Häuser. Da lag er nun in seiner schwarzen Hitlerjugendtracht mit den Überfallhosen, den schwarzen hohen Schuhen und der schwarzen Schirmmütze. Er hatte diesen ›Anzug‹ von einer Witwe nach Kriegsende geschenkt bekommen, wo sie einmal übernachteten. Der 14-jährige Sohn war im letzten Volkssturmaufgebot gefallen und sie hatte noch eine Ersatzuniform. Mutter nahm sie schnell, schnitt die silbernen Knöpfe ab und sagte: »Hauptsache ganz und sauber. Der Stoff ist noch wie neu und schwarz ist neutral.« Sie meinte die Pimpfenuniform und man würde ihr nicht ansehen, daß sie eine solche war. Ihm war unbehaglich, weil die Sachen einem Verstorbenen gehörten, der nur zwei Jahre älter geworden war. Er mußte plötzlich an Adelheid Halemba denken, die in Breslau Tänzerin werden wollte. Was die wohl sagen würde, wenn sie ihn in dieser Uniform erblickte? Ob sie auch irgendwo in der Weltgeschichte mit einem Güterzug unterwegs war? Adelheid Halemba, allein der Klang des Namens tat ihm wohl. Die Bieber-Oma war eine gute Seele, die ihr letztes Hemd weggab, wie Mutter sagte, aber derb war sie und wollte nichts von Zärtlichkeit wissen. »Ein Mann muß hart sein«, war ihr Leitspruch für ihn. Vielleicht lag es auch daran, daß sie in der Munitionsfabrik arbeiten mußte, das machte sie vielleicht ›hart‹, dachte er sich. Sie hatte überhaupt so Sprüche drauf. Adelheid

Halemba war ein Jahr älter als er. »Das Rumgehopse bringt nichts ein«, krächzte ihr ständig qualmender Vater. Der war Invalide, saß verbittert in seiner Wohnküche im Odertorviertel und trank Schlesierpunsch. Damals saß er wieder mal wartend in der Wohnküche ihrer Eltern. Ihr sonst zu rüden Späßen aufgelegter Vater stierte vor sich hin und klopfte mit dem Krückstock leicht an sein Holzbein. Mutter Halemba stand weinend am Herd und rührte in den Töpfen. »Wir werden am Heiligabend in der Fremde rumgeistern auf die alten Tage«, sagte der grauhaarige Mann zu ihm. »Ich kann doch als Krüppel nicht bis auf den letzten Moment warten! Sieh zu, daß du mit deiner Mutter noch die Kurve kriegst, ehe hier die Hölle losgeht.« Es fing an zu dunkeln, als Adelheid nachhause kam. Er konnte ihren Vater nicht mehr ertragen, hatte in der Haustür auf sie gewartet. An ihrem leichten Gang war sie von Weitem zu erkennen, die Füße leicht nach Außen gestellt. Sie trug knöchellange, hochgeschlossene Kleider und auch jetzt hatte sie einen langen schwarzen Mantel an, der fast den Schnee fegte. »Meine Tochter sieht aus wie eine Vogelscheuche in ihrer langen Kledasche, die sie sich selbst schneidert« hatte der einbeinige Veteran bei einer Zigarre mehr vor sich hingehustet als gesprochen. Der alte Mann tat für sie alles, aber sie paßte nicht in seine Vorstellung von der Welt. Sie sah wirklich aus wie ein schwarzer Vogel, wie sie so im Schnee auf ihn zuschwebte, die schwarzen Locken nach hinten gebunden, die großen grünen Augen auf ihn gerichtet. »Die Balett-Schule wird evakuiert und was dann«, prustete sie heraus. Er hob traurig die Schultern und merkte, wie es im Hals anfing zu kratzen. Über den Häusern zogen tiefe Wolken schnell dahin. Es sah aus, als ob die Straße mit ihnen in entgegengesetzter Richtung dahinsauste. Irgendwie hatte er plötzlich ein erdrückendes Gefühl von Fremdheit, als sei er gar nicht in der Heimat, sondern auf einem unbekannten, kalten Stern, der sich immer schneller drehte. Adelheid drehte sich einmal um die eigene Achse im Schnee, kam dann auf ihn zugeflogen in ihrem großen Mantel, fegte mit ihm durch das Treppenhaus in den kleinen Hinterhofgarten, öffnete den Mantel weit und hüllte ihn damit ein. Zusammen sanken sie in den weichen Neuschnee und er spürte ihren sehnigen und zugleich weichen

Körper. Während er auf ihr lag und sie küßte, spürte er, wie eine bisher unbekannte Kraft in ihm wuchs. Es kam ihm vor, als ob er mit ihr zusammen im wirbelnden Schnee durch die Lüfte fuhr. Nach einer Endlosigkeit, wie es ihm schien, landeten sie wieder. Der Schnee hatte sie fast zugedeckt. Sie standen auf und lächelten sich an. Adelheid hörte auf zu lächeln, sagte nichts, zog den Mantel fest um sich. Sie nahm ihn noch einmal in die Arme, daß ihm fast die Luft wegblieb. Danach drehte sie sich um, ging zur Hinterhoftür und verschwand. Er hatte das Gefühl, daß er sie nie wiedersehen würde. Nur den Namen würde er nicht vergessen. Er fror plötzlich bis ins Knochenmark. Wie er so ins Träumen kam, packte ihn eine harte Männerhand im Genick, zog ihn hoch, schüttelte ihn, daß er die Mütze verlor, die aus dem Waggon wehte. Der Mann hatte ein Käppchen auf, trug eine russische Uniformbluse, die durch einen derben Gurt vorn straff zusammengehalten war: »Du Faschist, du SS«, schrie der Russe und wollte ihn aus dem Waggon werfen. Er klammerte sich an die Waggontür und schrie aus Leibeskräften um Hilfe. Wer sollte ihm schon helfen können? Da erhoben sich vom Inneren des Waggons, vom Stroh, was da lag, ausgemergelte Gestalten, hohläugig, hohlwangig, schwankend, die Hände in die Höhe gestreckt, in Sträflingskleidung, mit aufgenähten Flikken, Gestalten, die auf den Russen in einer fremden Sprache beschwörend einredeten. Der Russe machte den Eindruck, als habe sich die Hölle aufgetan, ließ von ihm ab und turnte behend wie ein Affe aus dem Waggon. Die Mutter kam, zeigte auf eine Uniform und befahl: »Zieh das an!« Sicherlich wieder Klamotten von einem Toten, dachte er, aber er fühlte sich irgendwie erleichtert und freier. Als er die Jacke anzog, merkte er, daß da ein Stück Brot in der Tasche war.

Hörspiel ohne Titel

[Spiel zu zweit]

Personen: Sie, Er.
Zeit: 50er Jahre, 70er Jahre, 90er Jahre
Ort: 2 Innenräume

Musikakzent, erst verzerrt, dann deutlich, das alte FDJ-Lied: »Bau auf, bau auf, Freie Deutsche Jugend, bau auf!...«, geht über in: »Auferstanden aus Ruinen und der Zukunft zugewandt, laß uns Dir zum Guten dienen, Deutschland einig Vaterland...« (zum Schluß stark, dann abrupt weg)

Klingeln, Türgeräusche, Stimmen aus dem Hausflur, Gezeter: »He, Sie, kümmern Sie sich um Ihren eigenen Dreck! Wo gibt es denn sowas! Die alte Schlampe, die... Kindergeschrei, Jugendlichengebrüll.

Sie **Diese Zionskirchstraße kann einen ganz schön anstinken. Überall Hundescheiße, trübe Gasfunzeln als Beleuchtung, dazu diese Besoffenen und dieser Großstadtmief. Und diese häßliche Kirche mit dem Pinkelhäuschen davor, wie aus dem Film »Clochemerle«, bloß nicht so idyllisch.**

Er **Könntest mal Guten Abend sagen.**

Sie **Entschuldige.** *(Schmatzgeräusch)* **Küßchen.**

Er Mich stinkt es auch manchmal an, aber es ist wenigstens nicht zur Untermiete.

Sie Ja ich weiß, dafür müssen wir dankbar sein. »Kochstube«, 13 m^2, unregelmäßig geschnitten, ein Ausguß – in den du immer pinkelst –, ein Kanonenofen und ein einflammiges Gasgestell mit Kocher«, so stehts im Mietvertrag, ohne Pinkeln.

Er Klein, aber dein und mein. Auf der Toilette, halbe Treppe, denke ich immer, ich kriege die Krätze.

Sie Wo sie Tante Wanda doch so schön rot gestrichen hat.

Er Grauenhaft, sie hatte noch Farbe übrig, nachdem sie die Stühle rot gestrichen hatte. Die Farbe war wohl von der Schule, rote Farbe gibt's genug.

Sie Ist sie nicht da? Dann könnte ich mal in die Küche.

Er Du kannst doch in die Küche.

Sie Irgendwie denke ich, sie kann mich nicht leiden.

Er Einbildung, sie fragt stets nach dir.

Sie Dich kann sie besser leiden. Wenn sie könnte, ginge sie mit dir ins Bett.

Er Halt die Luft an! Sie ist zwischen 70 und 80.

Sie Sie muß ein toller Feger gewesen sein. Flott ist sie immer noch mit ihrem Kapotthütchen, den Kirschohrringen und dem rotgeschminkten Kußmündchen.

Er Und wenn sie einen gezwitschert hat, singt sie drüben bei Paule in der Kneipe: »In Argentinien, unter spanischen Alleen, da tanzt es sich so wunderscheen!« Ein Original ist sie!

Sie Und immer dieser bellende Köter dabei, diese kläffende Promenadenmischung!

Er Bello gehört zu ihr, wie das Kapotthütchen. Neulich, als sie gegen 1 Uhr nachts noch nicht zu Hause war, bin ich sie suchen gegangen. Der Bello hatte sie mit der Leine an den Füßen um die Laterne gewickelt. Sie ließ aber auch die Leine nicht los. Ein Bild für die Götter!

Sie Und du hast sie vom Marterpfahl erlöst und nach Hause gebracht!

Er Ich möchte so gut im Schuß sein in ihrem Alter. – Sie geht hier am Arkonaplatz Essen ausgeben in der Schule, im Westen geht sie sauber machen.

Sie Das bißchen Rente reicht auch nicht weit.

Er Sie hat mehr, als wir beide zusammen. Sie läßt sich nichts spendieren in der Kneipe, revanchiert sich sofort. Kaum habe ich bestellt, schiebt sie nach.

Sie Ihr seid zwei Schnapsdrosseln, ihr paßt zueinander.

Er Wenn sie erzählt, kommt es mir nicht so vor, als ob sie 50 Jahre älter ist als ich. Sie hat was Italienisches an sich.

Sie Was erzählt sie denn so?

Er Aus dem Leben der kleinen Leute, wie sich ihr Mann totgeklammert hat, wie sie vergebens versucht hat, ihm Halt zu geben.

Sie Was hat er? – Sich totgeklammert?

Er Sie nennt das so. Das war ein Kartenspiel, das hieß Klammern. Er war ein Spielertyp. Als das Geld alle war, hat er sich erschossen, ohne Ankündigung.

Sie Wo?

Er Irgendwo auf einer Toilette in Königsberg, vielleicht auch irgendwo in der Nähe.

Sie Wann?

Er Frag sie doch selber! Ende der 20er Jahre. Als selbstständiger Uhrmacher hatte er Pleite gemacht, dann hat er es als Darmhändler versucht.

Sie Als Darmhändler?

Er Ja, er hat Schlächter mit Därmen beliefert, für die Wurst. Dann wieder Pleite, arbeitslos, Alkohol, Spiel, Klammern, Tod! Sie zog nach Berlin, wie die meisten damals, aus Ostpreußen, Schlesien, lies Hauptmann!

Sie Hat sie Kinder?

Er Weiß ich nicht, sieht nicht so aus. Heute wollte sie sich mal wieder umbringen.

Sie Mein Gott, womit? Und wo?

Er Das ist eine Art zyklischer Krise bei ihr. Als ich von der Uni kam, sagten die Nachbarn, Tante Wanda steht schon eine ganze Weile oben am Bodenfenster.

Sie Und du, was hast du gemacht?

Er Ich habe mir Bello geschnappt und bin rauf auf den Boden. Der Hund winselte und jaulte.

Sie Und sie?

Er Sie heulte: »Keiner lebt mehr, alle sind tot!« Sie will nicht als einzige aus der Sippe überleben.

Sie Buttkus.

Er Was? Buttkus?

Sie Na, sie heißt doch Buttkus. Weißt du, daß sie in die Kirche geht?

Er Ja. Sie glaubt, daß Gott das Gute im Menschen ist. Ein schöner Gedanke.

Sie Und das Ende?

Er Du bist eine Nervensäge. Ich habe ihr gesagt, sie muß erst Bello aus dem Fenster schmeißen und dann hinterherspringen.

Sie Und dann?

Er Dann sind wir in der Kneipe gelandet. Bello hat ein Bier zur Belohnung geschlabbert.

Sie Der Hund trinkt Bier?

Er Trinken würde ich das nicht nennen. Paule, der Wirt, hat ihm Bier in eine Schale gegossen, Tante Wanda trank Kirsch und ich Kali.

Sie Kali?

Er Kaffeelikör.

Sie Igittigitt!

Er Ich weiß, du trinkst Wodka, wenn du trinkst.

Sie Und sie haben dir und Bello die Lebensrettungsmedaille verliehen.

Er So in etwa, Egon, der alte Kellner, der ein Auge auf Tante Wanda geworfen hat, setzte sich ans Klavier und spielte einen Tango und Tante Wanda sang dazu…

Sie »In Argentinien, unter spanischen Alleen, da tanzt es sich so wunderscheen!«

Er Genau.

Sie Wieso eigentlich »unter«?

Er Was »unter«?

Sie Unter spanischen Alleen, oder spanischen Kakteen?

Er *(gereizt)* Was weiß ich? Vielleicht hat sie den Text selber gemacht. Frag sie doch. Ich bin froh, daß sie nicht gesprungen ist. Das ist zwar eine Wohnung mit zwei Mietverträgen, aber, stell dir vor, du wohnst mit so einem Typen zusammen, der hier immer zu zweit auftritt.

Sie Ich versteh immer nur Bahnhof.

Er Für eine Dresdener Beamtentochter hast du dir einen ganz schönen Jargon zugelegt, hier in Berlin.

Sie Das sagt man auch in Dresden, nur anders im Dialekt. Nur gut, daß ich nach Bayern evakuiert war als Kind während des Krieges.

Er Da hast du recht. Wenn du das alles in sächsisch sagen würdest, was du sagst.

Sie Was hast du gegen Sächsisch?

Er Eigentlich nichts. Vielleicht ist es Walter Ulbricht, der einem diesen Dialekt vermiest...

Sie Deine gelegentlichen Rückfälle ins Schlesische klingen auch nicht besonders.

Er Du kennst das richtige Schlesisch nicht: A Tippel und a Kriegel und a Orsch vull Priegel! Oder: Uba druba, wo de Pilze mit de

Langa Stiela wachsa, do sei ma har! – Aber das war schon der Dialekt um Breslau herum, Breslau hatte einen Inseldialekt, wie Berlin, der zwar ausstrahlte, aber…

Sie *(unterbricht)* Bitte, keine philologische Abhandlung. Was ist mit den zwei Typen? Ich meine die in den Allwettermänteln, mit den Betongesichtern.

Er Ich glaube, die kommen nicht wieder.

Sie: Wieso glaubst du das? Ich höre noch, wie sie sagten: »Sie als waschechtes Arbeiter- und Bauernkind, der Vater Antifa-Kämpfer, Opfer des Faschismus, jetzt Offizier bei der Volkspolizei, und Sie wollen nichts für den Arbeiter- und Bauernstaat tun? Denken sie an die Opfer, an die Unsterblichen…« *(Man hört im Nebenzimmer Türengeräusche, ein Radio wird laut aufgedreht: »Rock around the clock.« Man hört es deutlich aber etwas gedämpft.)* Daß die alte Tante auf solche Musik steht, wundert mich.

Er Du weißt, daß sie schon etwas schwer hört. Andere sind taub in ihrem Alter. Ich glaube, Wiener Walzer und Tango sind ihr lieber, aber der alte Kasten kriegt nur einen Sender rein. Sie wird jetzt gleich zu Paule gehen. Sie hat dort ihren Stammplatz.

Sie Ich glaube, sie braucht viel Schnaps, wie ein altes Auto viel Benzin frißt.

Er Ein guter Vergleich. Wenn das dein Vater hören würde!

Sie Mein Vater arbeitet jetzt bei der Wismut in Aue unter Tage. Da wird er ganz andere Dinge hören, die er früher am Schalter seiner geliebten Dresdener Bank nicht gehört hat.

Er Selber schuld! Ihm ging es doch gut im Krieg. Polen, Frankreichfeldzug, Pakete...

Sie *(wütend)* Er hat dafür gebüßt, daß er in der NSDAP war. Über drei Jahre Kriegsgefangenschaft in Aserbaidschan, Arbeit bei Wind und Wetter auf einer Kolchose, Fußlappen um die Beine, Essen mit selbst geschnitzten Holzlöffeln aus dem Kochgeschirr. Er wäre bald verhungert... zusammen mit den Einheimischen.

Er Neulich, als ich krank war, hat mir Tante Wanda Schulessen in so einem Kochgeschirr mitgebracht. Da geht 'ne Menge rein.

Sie Einen Quatsch redest du! Warum lassen sie ihn nicht wieder an seinen geliebten Bankschalter? Irgendwann haut er in den Westen ab. Willst du das?

Er Ich finde es auch blöd. Der würde keine Gelder vom Arbeiter- und Bauernstaat veruntreuen. Dazu ist er viel zu korrekt. Außerdem ist er ständig Aktivist, wie du sagst. Der große W. U. ist eben der Meinung, daß sich der Klassenkampf immer mehr verschärft. Es gibt wohl keinen, der ihm das ausreden könnte. »Haltet den Schritt der Revolution, der Feind schläft nicht, er lauert schon« oder so ähnlich.

Sie Das war 1917 in Rußland, Alexander Block.

Er Das fiel mir nur ein, weil der Vers im Russischen so gut klingt.

Sie Du bist ein proletarischer Schöngeist, der schon zu lange studiert. Wozu brauchst du ein zweites Diplom?

Er Weil diese Schwachköpfe an der Uni kein zweites Studienfach zulassen. Und bloß Slawistik wollte ich nicht, ich wollte zum Theater, das weißt du doch.

Sie Wie engstirnig deine Genossen sind. Sie lassen dich nicht studieren, was du willst, und bloß um zu studieren, studierst du etwas, was du nicht willst, und dann machst du auf eigene Faust weiter. Gut, daß einer von uns schon Geld verdient. In der Tasche ist Wurst, Blutwurst, die du so gern ißt, frisch vom Schwein aus Großenhain… Und der Harzer Käse…

Er Frisch vom Harz? Was heißt hier deine Genossen? Ich bin nicht Genosse, warum sagst du so etwas? Ich bin eher ein parteiloser Kommunist, der zum Theater strebt.
Sie Wie pathetisch! *(lacht)* Du und Kommunist, daß ich nicht lache! Du bist überhaupt kein Kollektivmensch, du bist so etwas von einem Individualisten, das ist schon ausstellungsreif!
Er *(kleinlaut)* Vielleicht ecke ich deswegen dauernd an. Neulich habe ich im Marxismus-Leninismus-Seminar Karl Kautsky zitiert, und da hat mir dieser Oberassistenarsch Schikansky gedroht, mich von der Uni zu schmeißen.
Sie Nomen est omen. Ich kenne ihn, er riecht immer leicht nach Schweiß, nach dem Schweiß der Beflissenheit oder nach Angstschweiß, er soll 5 Kinder haben.
Er Dabei stottert der Kerl und sagt immer: Maximus-Lenimus, wie im Kabarett. Er kann das Wort nicht aussprechen. Dann sagt er auch stets: unse Menschen wollen dies nicht und das nicht, unse Menschen, wenn ich das schon höre. Am 17. Juni ist er in den Keller gekrochen, und jetzt im September ist er wieder dicke da.

Sie Ach ja, du hast ja bald Geburtstag.

Er Wir sind raus auf die Straße, haben mit den Arbeitern diskutiert. Wir, die Nichtgenossen. Schikansky hatte das Blauhemd schon verbrannt, glaube ich.

Sie So kommt man im Gespräch von Bismarck auf die Preiselbeeren.

Er Wie bitte?

Sie Eben waren wir noch bei meinem Vater.

Er *(immer noch in Rage)* Ja, richtig, aber dazu gelernt hat er nichts in Aserbaidshan. Wem hat er zu verdanken, daß er dort gelandet ist, doch nicht den Kommunisten, sondern dem Mann mit der großen Fresse und dem kleinen Schnurrbart.

Sie Du hast ja recht. Aber ihr schaukelt euch gegenseitig hoch.

Er Wenn er solche Sprüche abläßt, wie: Hitler hat die Autobahn gebaut und die Arbeitslosen von der Straße geholt... da sehe ich halt rot.

Sie Und hast lauter rote Parolen drauf! Und wirst immer lauter...

Er Ich habe ihn nur gefragt, wieviele Millionen Tote er gegen wieviel Kilometer Autobahn aufrechnen will. Fragt man so etwas leise?

Sie Ja, da hat er vor Aufregung die Zigarre in die Suppenterrine getunkt, statt in den Aschenbecher, so hast du ihm zugesetzt. Er ist doch nur ein kleiner Mann und du stempelst ihn fast zum Kriegsverbrecher.

Er Daß er sich überhaupt zu rauchen getraut hat, wo er doch sonst auf den Balkon muß, damit die Gardinen nicht abfallen... Und dazu noch am Mittagstisch.

Sie Es war ein gelungenes Familienessen, das muß man schon sagen. Meine Mutter war einer Ohnmacht nahe, hat in der Küche die Puddingschälchen abgewaschen, obwohl der Pudding noch drin war. Dabei hat sie geweint.

Er Das will was heißen, wenn die eiserne Bertha heult.

Sie Ich finde das gemein von dir.

Er Es tut mir leid, du bist doch mein Schnäuzchen, wir müssen zusammenhalten, damit wir nicht so werden wie unsere Eltern.

Sie Gut, daß du deine miteinbeziehst.

Er Bitte keine Retourkutsche. Ich weiß, daß meine Eltern auf ihre Art unmöglich sind. Ziemlich sogar, vulgär auch, das ist ihre Herkunft, Tschepine eben, Breslauer Lumpenproletariat!

Sie Unmöglich sind meine Eltern nicht. Sie wissen, was sich gehört, das muß man sagen.

Er Aber einmalig knickrig. Und dann schließen sie immer das Zimmer ab, wenn ich bei euch übernachte. Beinahe hätte ich mal in die Blumenkästen gepinkelt.

Sie Da sind sie echt komisch. Was denken sie, was wir in Berlin machen? Aber knickrig ist Vati nicht. Er hat mir Geld für die Unterbrechung gegeben.

Er Nicht bloß geborgt? Weil er keinen roten Bastard in der Familie haben wollte, denke ich mal. Man sollte dieses inhumane Gesetz ändern, das die Frauen zu Kurpfuschern treibt. Beim Barte des Proleten, das muß dieser Staat doch ändern können. »Cyankali« ist Geschichte!

Sie Ich glaube, da tust du ihm Unrecht. Er wollte nicht, daß ich mein Studium abbreche. Wie soll das gehen: Studium und Kind? Wohin mit dem Kind?

Er Ich weiß nicht, was los ist? Heute sage ich nur das Falsche. *(versöhnlich)* Ich finde auch, sie sollten deinen Vater wieder an den Bankschalter lassen. Er ist wirklich ein kleiner Mann, auch körperlich. Die Arbeit unter

Tage wird ihn kaputt machen. Er könnte etwas anderes machen.

Sie Da verdient er nichts. Die Bertha ist schon eisern, wie du sagst. Sie will einen bestimmten Lebensstandard halten. Wozu hat sie mal einen Beamten geheiratet?

Er Bei euch blitzt alles und ist doppelt und dreifach gebohnert. Schonerdeckchen zum Schonen der Schonerdeckchen, Brücken und Teppiche! Ich werde nie vergessen, wie ich beim ersten Besuch bei euch ausgerutscht bin und deiner Mutter zu Füßen sank, dazu noch in kurzen Hosen. Ich kam mit Fahrrad von Demitz-Thumitz nach Dresden. Unterwegs pladderte es, wie der Berliner sagt.

Sie Wenn schon einer aus Demitz-Thumitz kommt! Mutti erzählt die Geschichte manchmal und sagt, daß sie sich den ersten Besuch eines zukünftigen Schwiegersohns anders vorgestellt hat. So mit Schlips und Kragen und Blumen natürlich, möglichst ein Schinschenjör, dann lacht sie, es muß zu komisch gewesen sein.

Er Sie hat Humor auf ihre Weise, ist eine phantastisch gute Hausfrau. Warum sie nur Schinschenjör sagt, sie ist doch nicht ungebildet.

Sie Das klingt vielleicht vornehmer. Es gibt eben hüben und drüben der Barrikaden Leute, die etwas nicht richtig aussprechen können.

(Durch das geöffnete Fenster klingt plötzlich die krakeelende, brüchige Stimme eines Mannes, offensichtlich betrunken, der versucht, das Spanienkämpferlied zu singen: »Spaniens Himmel breitet seine Sterne über uns're Schützengräben aus«. Er versucht den Barrikaden-Tauber Ernst Busch zu imitieren, kippt in ein klägliches Falsett.)

Er Das ist der Schuster aus dem Kellergeschoß. Er war früher mal KPD und fühlt sich jetzt verraten und verkauft, dachte, wenn die Roten mal dran sind, würde es ihm besser gehen. Und jetzt sitzt er immer noch in der alten Schusterwerkstatt und hat dazu ein zerschossenes Bein. Wollen wir mal runtergehen zu ihm? Er ist nicht aggressiv und kann dir Stories erzählen, sage ich dir, wenn du seinen schlechten Atem aushältst.
Sie Nein. danke. Ich graule mich am Tage schon in dem morschen, verrotteten Treppenhaus. Neulich habe ich mich ans Geländer

gelehnt, auf der Treppe als das Netz so schwer war, voller Gläser mit Bratheringen und Rollmöpsen. Ach ja, es ist ein halbes Jahr her, es war genau an meinem Geburtstag, da gab das Geländer nach und ich wäre beinahe die Treppe runtergesegelt.

Er Komm, laß dich in die Arme nehmen, Schnäuzchen.

Sie Laß mich aus dem Fenster gucken, einen Blick auf den Hofsänger werfen. Der Mann sieht aus, als wäre er durch die Wolhynisch-Podolischen Sümpfe gewatet.

Er Der sieht immer so aus, vielleicht reibt er sich mit Schusterpech ein.

Sie Der ganze Hinterhof sieht aus wie Wolhynien-Podolien.

Er Warst du schon dort?

Sie Nein, du Witzbold.

Er Na ja, das muß alles weg, der Sozialismus braucht Helligkeit!

Sie Was meinst du, das Gerümpel, die Häuser oder die Leute? Der Sozialismus braucht Helligkeit. – Wäre eine gute Losung für den 1. Mai, ehrlich. Aber was da jetzt im Halbdunkel nach oben kommt!

Er Willst du mich ärgern? In Breslau hätte ich zu kapitalistischer Zeit nie studieren können. Dir hätte man schon als Kind verboten, mit mir zu spielen. Mit Ach und Krach wäre ich 8 Jahre zur Schule gegangen, und dann hätte ich Geld verdienen müssen. Glaube mir, auf der Tschepine in Breslau, wo ich herkomme, war das so. Die Tschepine war so etwas, wie die Ackerritze in Berlin. Die Ärmsten der Armen wohnten dort. Nach der Schule hätte ich vielleicht Eisstangen auf der Dienstbotentreppe im blaugestreiften Hemd nach oben geschleppt, für die Eisschränke der Reichen, hätte dann die Mütze gezogen, einen Diener gemacht, Trinkgeld empfangen oder nicht, und hätte versucht, dem Dienstmädchen ein Kußhändchen zuzuwerfen.

Sie Das glaube ich bestimmt. Guck mal, da drüben, die hantiert mit nacktem Oberkörper am Fenster, die haben wohl keine Gardinen…

Er Bist du nicht da, hängt sie die Brüste aus dem Fenster und wenn ich nicht reagiere, beschimpft sie mich als Eunuchen. Es heißt, sie geht drüben auf den Strich.

Sie Na, hier offensichtlich auch. Neulich kam sie mit einem Armisten die Kellertreppe hoch und zwar hier, ziemlich eindeutig. Er knöpfte sich gerade den Hosenstall zu.

Er Und ich habe mich schon gewundert, daß bei uns im Vorkeller eine Matratze liegt. Bin fast drüber gestolpert, als ich das Fahrrad aus dem Keller holte.
Sie Seit wann fährst du Fahrrad? Läuft deine alte Horex nicht mehr? Sie steht doch draußen auf der Straße, deine Tasche ist noch auf dem Gepäckständer.
Er Doch, sie läuft. Ich wollte nur mal das Fahrrad ausprobieren, aber dann bin ich in den Straßenbahnschienen am Weinbergsweg umgekippt, und so ein alter DKW hätte mich beinahe angefahren. Ich lasse es lieber.
Sie Bei uns in Großenhain kommen viele Kollegen mit Fahrrad zur Schule.
Er Nun ist es dort auch etwas dörflicher.
Sie Unlängst hat mich der Direktor vom Schulhof gescheucht, ich solle hier nicht rumstehen, wenn der Unterricht begonnen hat. Der hatte noch nicht mitgekriegt, daß ich die neue Russischlehrerin bin. Russisch ist für den sowieso Nebensache, obwohl er auf jeder Versammlung erklärt, wir müssen von der Sowjetunion lernen, lernen und nochmals lernen.
Er Du siehst eben so jung aus mit deinen 21 Jahren. Vielleicht denkt er, in der Sowjet-

union spricht man Sowjetisch. Schikansky sagt auch immer, es heißt nicht: die Russen, sondern: die Sowjetmenschen, am besten man sagt: die Freunde und dann weiß man schon. Der Typ ist so blöd, daß er noch mal über seine eigenen Beine stolpert, und dann schiebt er es dem Klassenfeind zu oder mir. Ich glaube, wir brauchen keinen Klassenfeind, wir werden an der eigenen Dämlichkeit zugrunde gehen.

Sie Daß du einen nie ausreden läßt! Ich wollte von unserem Direktor erzählen, er heißt Pester, pestet das Lehrerzimmer mit seinem Papirossy-Qualm voll, daß er die Kollegen nicht mehr sieht und spricht nur in Losungen. Mich hat er offensichtlich noch gar nicht wahrgenommen. Ich bin die Neue von der Uni, und die können sowieso nichts. Der weiß gar nicht, was eine Universität ist. Du kennst die Praxis nicht, mein Lieber, wie es dort aussieht, was für Leute den Sozialismus machen und was sie darunter verstehen.

Er Sozialismus haben wir doch gar nicht. Ich werde sie bald kennenlernen, deine Praxis. Einen Vorvertrag mit Senftenberg habe ich schon, will nur noch die zweite Prüfung für das Diplom machen.

Sie *(erfreut)* Das ist ja toll! Und als was gehst du da hin? Doch nicht als Kulissenschieber?

Er Als Intendant nicht, als Chefdramaturg auch nicht, als Mädchen für alles, Dramaturgassistent, Regieassistent, Schauspieler in kleineren Rollen für 400.– Mark Anfangsgage.

Sie Wenigstens ein Anfang, gratuliere. Und das Zimmer hier?

Er Behalten wir! Die 18.– Mark Miete können wir uns leisten.

Sie Und was war mit den beiden Herren in den Lederolmänteln?

Er Ich muß immer an die Losung denken, die mal einer an der Uni an die Tafel geschrieben hat: Lederolbekleidet – westbeneidet! Schikansky hat geschäumt.

Sie Lenk nicht schon wieder ab.

Er Ja, ich habe mich bereit erklärt, für sie zu arbeiten.

Sie Bist du nicht gescheit !

Er Ich habe gesagt, daß ich keine Namen behalte, alles durcheinander werfe, alles vergesse und verwechsle, daß ich mir nur Vokabeln merke. Wenn ich Alkohol getrunken habe, laufe ich aus wie ein löchriger Eimer und erzähle alles. Hübschen Mädchen kann ich überhaupt nicht widerstehen. Außerdem hätte ich schon allen erzählt, daß hier ständig zwei Herren auftauchen, die mich überreden wollen aufzuschreiben, was die Kommilitonen sagen. Darauf sagte der eine: »Der Kerl wäre ein Sicherheitsrisiko. Außerdem hat er keinen Klasseninstinkt.« Dann habe ich noch gesagt, daß ich in die Provinz gehe. Sie sind grußlos gegangen.

Sie Manchmal bist du gar nicht so naiv, wie du tust.

Er Tue ich so?

Sie Laß uns das Klappbett aufstellen und an die Liege ranschieben. Ich muß morgen um 5 aufstehen.

Er Gut, mein Schnäuzchen. Noch ein bißchen Musik gefällig?

(Er rutscht über die Sender, dann erklingt die damals als Rausschmeißer in allen Lokalen bekannte und gesungene Melodie: »Auf Wiedersehen, auf Wiedersehen, bleib nicht so lange fort, beim Wiedersehen wird's doppelt schön, darauf hast du mein Wort.«

Musik-Abblende: Es ertönt das damals in der DDR bekannte Lied aus den 70er Jahren: »Ich geh vom Nordpol zum Südpol zu Fuß für einen Kuß, für einen Kuß von dir« von Publikumsliebling Frank Schöbel.

Sie Wer hat denn diese Schnulze eingestellt?

Er Das haben unsere Kinder extra für dich auf Rekorder aufgenommen. Für deinen Geburtstag. Ich soll dir das abspielen. Die Mädchen sind in der Schule, den Kleinen habe ich in den Kindergarten gebracht. Blumen gibt es in der DDR nun mal Ende März schlecht, kaum daß es mir gelingt, am Frauentag zum 8. März ein Sträußchen mit Vorbestellung zu ergattern. Wenn ich meine zugewanderte Cousine aus Polen in Diepensee in der GPG nicht hätte, hätte ich auch heute keine, aber ich kann am Nachmittag welche abholen.

Sie Mein Gott, diese Abkürzungen, GPG, Gärtnerische Produktionsgenossenschaft, wer wird das später noch wissen?

Er Der Sozialismus wird nicht so schnell vom Erdboden verschwinden und damit auch der Abkürzungsfimmel nicht. Ich weiß noch, früher bin ich von der Stabi, von der Staatsbibliothek, in die ÖWIBI *(skandiert)*, in die Öffentliche Wissenschaftliche Bibliothek gegangen, um Polök- und Gewi-Material zu studieren.

Sie Ja, mit politischer Ökonomie und Gesellschaftswissenschaft haben sie uns ganz schön getriezt. Wenn du da nicht gut warst, waren deine Fachkenntnisse auch nichts wert. *(seufzt)* Übrigens ist das jetzt nicht viel anders, in der Schule. Ach ja … Drüben wollen sie die Lehrlinge irgendwann Azubis nennen, es wird drüber diskutiert.

Er Azubis?

Sie Auszubildende!

Er Auch ganz schön blöd.

Sie Wenn ich meine Lehrlinge, meine Jungs, mit Azubi anreden würde, sie würden sich halbtot lachen.

Er Ich dachte immer, die finden alles gut, was vom Westen kommt.

Sie Alles nicht. *(gähnt)* Ist das schön, daß ich heute Haushaltstag habe. Und du? Mußt du nicht nach Babelsberg?

Er Die Abnahme des Films ist verschoben. Der General ist vom Festival noch nicht zurück.

Sie Wenn du General sagst, denke ich immer, du bist bei der Armee und nicht bei der DEFA.

Er Manchmal denke ich das selber, besonders, wenn ich auf der VVV sitze, auf der Vertrauensleutevollversammlung der Gewerkschaft und seine Eloquenz, der General, eine seiner ewig langen Reden hält. Hinter ihm steht in großen Lettern die Losung: »Kunst ist Waffe«, und er spricht wieder mal von den Entscheidungsschlachten, die an der Kulturfront zu schlagen sind, und von der ideologischen Gegenoffensive des Klassengegners, der mit seiner viel besseren Technik uns gegenübersteht, was wir mit erhöhter Wachsamkeit und letztem Einsatz in den sozialistischen Brigaden wettmachen müssen. Bei Nichteinhaltung seiner Direktiven droht uns der Untergang. Dann wird der BKV diskutiert, der Betriebskollektivvertrag. Die Gesichter, in die ich sehe dabei, sind lila vor Langeweile.

Sie Und ich werde gleich lila anlaufen, vor Langeweile und Hunger.

Er Der Frühstückstisch ist gedeckt, frische Schrippen sind auf dem Tisch, Konsumschrippen zwar, etwas pappig, der Bäcker hat

Montag zu, aber sie kosten nur 5 Pfennig, was will man da mehr verlangen?

Sie Ja, die BVG-Preise, 20 Pfennig eine Fahrt, das macht der DDR so schnell keiner nach. Und die Schrippen natürlich!

Er Und vieles andere auch nicht. Sei nicht ungerecht, denk an die FDGB-Heime, den kostenlosen Zahnersatz, und, und...

Sie Ich meine das doch nicht ironisch.

Er Komm in die Küche. *(Schritte, Türenquietschen)*

Sie Die Tür müßte mal einer ölen.

Er Ich bin eben kein Handwerker.

Sie Dann muß ich es machen. Mein Gott, da sind ja Blümchen, das ist aber lieb.

Er Sto lat, sto lat, njech zyje, zyje nam... Die Blümchen hat mir eine Frau im Blumenladen abgegeben, von ihrem bestellten Strauß, als sie hörte, daß meine Frau Geburtstag hat. *(Er dreht am Radio, rutscht über die Sender)* Mal hören, was in der Welt los ist.

(eine hart klingende weibliche Stimme berichtet: »Auf den Feldern der Landwirtschaftlichen Produktionsgenossenschaften der DDR von Kap Arkona bis Fichtelgebirge ist die

Vorbereitung zur Frühjahrsbestellung im vollem Gang... Und nun zum Sport: Ebenfalls erste Vorbereitungsrennen bestreiten die Auswahlkandidaten der DDR für die diesjährige Friedensfahrt Berlin-Prag-Warschau auf Kuba. Auch die Kubaner wollen eine leistungsstarke Mannschaft entsenden...)

Sie Bitte, nicht. *(er stellt es ab)*

Er Weißt du noch, wie Täve Schur und seine Mannschaft 1953 auf der letzten Etappe nach Warschau den Polen eine Viertelstunde abgenommen haben und noch Sieger wurden, die blauen Trikots holten. Das war eine Begeisterung! Oder war das 54?

Sie Im RIAS sagten sie damals, die Polen hätten die Deutschen mit Steinen beworfen, kann ich mich noch erinnern.

Er Na ja, der unselige Krieg war noch im Gedächtnis der Leute. Ich habe in der Reportage von Heinz Florian Oertel nichts davon gehört. Ich weiß noch, sogar Tante Wanda hat am Radio mitgefiebert, in der Kneipe, bei Paule.

Sie Mein Gott, gibt's die Kneipe noch und Tante Wanda?

Er Sag doch nicht immer »Mein Gott«! Ich war neulich bei einem Autor am Weinbergsweg, bei dem, der den Film »Ein Lord am Alexanderplatz« geschrieben hat, eine Wahnsinnswohnung, soll früher so einem reichen Möbelfritzen gehört haben, der konnte von hinten gleich in seine Fabrik gehen oder so.

Sie Mein Gott, du kommst immer vom Hundertsten ins Tausendste.

Er Ist ja auch egal. Jedenfalls war ich in der Kneipe.

Sie Das muß der Tag gewesen sein, an dem das Ärmelfutter aus deinem Jackett weg war.

Er Ja, es war schon immer lose. Dann ist es unten zum Ärmel herausgehangen und ist in der Taxitür eingeklemmt gewesen.

Sie Mußt du blau gewesen sein!

Er Das hätte mir auch nüchtern passieren können. Warum hast du es nur nicht angenäht?

Sie Ich habe dir doch gesagt, zieh das Jackett nicht an!

Er So viele habe ich nicht.

Sie Aber mehr als eins.

Er Du mußt immer das letzte Wort haben. Eine Berufskrankheit der Lehrer. Wie du deine Lehrlinge bloß zum Abitur bringst?

Sie Eben mit dem letzten Wort!
Er Und was sagt dein Direktor dazu?
Sie Er hat das allerletzte Wort.
Er Und das reagierst du an mir ab.
Sie Wieso? Ich habe doch nur gesagt, daß du das Jackett nicht hättest anziehen sollen. Meine Lehrlinge hören auf mich...
Er Immer?
Sie Meistens.
Er Berufsausbildung mit Abitur, auch so eine DDR-Erfindung.
Sie Das ist nun wirklich nicht das Schlechteste.
Er Wozu brauchen die Russisch? Ich denke, das werden alles Elektroniker.
Sie Du hast eben keine Ahnung von der Praxis, redest wie mein erster Direktor vor 20 Jahren in Großenhain. Realitätsnähe ist nicht deine Stärke.
Er Das ist ungerecht.
Sie Wieso?
Er Ich bin mal in die Nähe der Macht geraten und fand, daß die Machthaber weiter entfernt sind von der Realität, als die Künstler.
Sie Du meinst deine Volksbühnen-Episoden?

Er Ich hatte das fast verdrängt. Es war die Aufführung von Pogodins »Mein Freund«, ein Stück, das auch in der Sowjetunion lange verboten war. Der große W. U. besuchte mit seinem Hofstaat die Vorstellung. Danach die Begegnung mit den Künstlern, war's im blauen oder roten Salon? W. U. mit seinem Vergiftungstick hatte alles Essen und Trinken mitbringen lassen, keine Kantinenversorgung. Lotte dirigierte, wann und wem eingeschenkt wurde. Der große Theatermann Wolfgang Heinz, Darsteller des Ordshonikidse war als Intendant der formelle Gastgeber. Ich hatte das Stück übersetzt.

Sie Mit mir zusammen.

Er Ganz recht, das hätte ich bald vergessen, weil es eine sogenannte Theaterfassung wurde. Ich war Regieassistent, zusammen mit einem, der später Intendant von Magdeburg wurde und über ein kleines Stück von Heiner Müller stolpern sollte, es hieß »Genosse Mauser«.

Sie Du warst nie Intendant.

Er Das ist wahr. Und werde es auch nie. Aber, was ich sagen wollte ... Jetzt habe ich es vergessen, ach ja ... die Realitätsferne.

Die Diskussion verlief wie in einem Schneewittchensarg und überall waren dienstbare Zwerge zur Stelle.

Sie Seltsamer Vergleich. *(sie bekommt einen Hustenanfall)*

Er Mag sein. Du hast einen ganz schönen Raucherhusten. Ich weiß nur noch, W.U. fragte mich plötzlich *(er macht ihn umwerfend nach)* Sie sind doch der Dramaturg, ja? Sie haben doch studiert, wie man Dramen schreibt, ja? Warum haben Sie noch nicht den großen Roman »In den Schützengräben von Stalingrad« dramatisiert, frage ich. Wozu, frage ich, ja, hat Sie sonst die Arbeiterklasse studieren lassen? Das frage ich, ja.

Sie Was hast du gesagt? Wieso hast du das nie erzählt?

Er Was hätte ich sagen sollen, nichts.

Sie Na gut, aber meinst du, daß jetzt »Das Luftschiff« viele verstanden haben? Ich ja, weil du es mir -zigmal erklärt hast. Waren ja auch herrliche Aufnahmen drin, aber die Geschichte war so unübersichtlich, wie ein Telefonbuch, zu viele Personen und zu wenig Handlung.

Er Du bist boshaft. Da kannst du ja gleich Egon Krenz recht geben, der gesagt haben soll: Die das fabriziert haben, sollten das Ganze aus eigener Tasche bezahlen.

Sie So etwas hätte ich nie gesagt.

Er Aber gedacht.

Sie Eigentlich hat mir der Film gefallen, er hat mich fasziniert, obwohl ich nicht alles verstanden habe.

Er Dann hat noch einer im RIAS getönt: Das war der erste abendfüllende Experimentalfilm der DEFA. Das war der Todesstoß.

Sie Ich gebe zu, ihr habt Pech gehabt mit dem Film. Du bist bloß der Dramaturg, also nicht an allem schuld.

Er Dramaturgen sind immer schuld, wenn es nicht läuft. Dann stimmt eben die Dramaturgie nicht. Wie damals 68 bei unserer Scheidung, da stimmte unsere Lebensdramaturgie auch nicht, und ich war als Dramaturg daran schuld.

Sie Ich habe gehört, bei Hollywoodstars soll das öfter vorkommen. Die heiraten vier- bis fünfmal.

Er Aber nicht immer dieselbe Frau. Und ich bin nicht in Hollywood beschäftigt, beziehe ein Gehalt, für das keiner deiner Meister im Betrieb arbeiten würde, bin einer aus der Fußtruppe an der Kulturfront der DDR. Ein kleiner Quietscher.

Sie *(nachdenklich)* Ja, was ist aus unseren Träumen geworden? Warum bezahlen sie solche Leute wie dich bloß so schlecht? Du bist ja nicht der Einzige.

Er Von uns verlangt man Bewußtsein. Außerdem sind wir eine Leistungsgesellschaft. Wäre ich Shakespeare, könnte ich auch mehr rausschlagen.

Sie Es schlagen aber auch viele mehr raus, die nicht Shakespeare sind. Nimm doch nur deinen Gruppenchef Scheinemachers, der sitzt in allen Gremien, fährt auf alle Festivals in Ost und West, sahnt ab, wo es nur geht, fährt den neuesten Lada, wo du noch im Trabbi sitzt und behandelt dich wie einen kleinen Doofen. Bei der Abnahme vom »Luftschiff«, wo ich gnädigerweise zugegen sein durfte, ist mir das besonders aufgefallen. Wie lange hast du gebraucht, bis der Film fertig war?

Er Acht Jahre, das Buch galt als unverfilmbar.

Sie Der Film hätte auf ein internationales Festival gehört.

Er Ist aber nicht nominiert worden.

Sie Von wem nicht? Wer bestimmt das?

Er Mit Scheinemachers kannst du mich nicht vergleichen, er ist in der Parteileitung des Studios, die rechte Hand des Generals, Reisekader, eine Säule der DEFA.

Sie Und was bist du?

Er Nicht mal in der Partei, Gewerkschaftsvertrauensmann. Hat auch sein Gutes. Ich muß mir nicht das Gesülze auf Parteiversammlungen anhören, wo sich alle gegenseitig in die Tasche lügen. Ich habe einen jungen Regiekollegen, der berichtet mir immer. Das reinste politische Kabarett! Scheinemachers ist sicher auch fleißiger als ich, jedenfalls stöhnt er stets, wie überlastet er von Amts wegen ist und was er alles noch nebenbei schafft.

Sie Scheinemachers ist nicht fleißiger als du. Laß dir das nicht einreden. Wenn ich so sehe, wie du die Nächte am Schreibtisch durchackerst. Er beackert nur den besten Boden und macht Scheine. Er weiß, wo Bartel den Most holt, wie man so sagt. Auftragsfilme des Staates macht er!

Er Wollten wir nicht frühstücken?

(Tischgeräusche, Besteckklappern, Kaffeegeschlürf)

Sie *(stöhnt)* Ich habe Magenschmerzen. Neulich bin ich zum Chef gerufen worden, der verantwortlich ist für die Berufsausbildung im EAW. Ihm sei zu Ohren gekommen, daß ich von der offiziellen Argumentation abweiche bei der Politinformation in der Klassenleiterstunde. Ich würde mit den Schülern schräg diskutieren.

Er Was heißt das?

Sie Gute Frage. Schnurre ich die offizielle Argumentation runter, verliere ich das Vertrauen der Schüler, gehe ich auf die Schüler ein, verliere ich das Vertrauen der Schulleitung. Die Schüler stellen Fragen, die immer brisanter werden. Besonders schlimm ist es, wenn sie in der Sowjetunion waren, dann wackelt ihr ganzes Weltbild.

(plötzlich Geräusche von Preßlufthämmern, Arbeitsgeräusche, Arbeitergebrüll: He, Ihr Arschlöcher, was macht ihr da? Seid ihr blöde? Alles Scheiße! Klotzt ran! Eine Dieselameise fängt an zu tuckern.)

Er Und hier wackelt wieder mal die Wand. Seit Jahren bauen die an dem Verlag herum, das dauert ewig. Diese »Tribüne«, wer liest die denn?

Sie Als wir hier am Treptower Park einzogen, konnte man vom Küchenfenster aus noch ein paar Bäume auf dem Hof der »Tribüne« sehen. Und Bänke, wo die Leute in der Mittagspause drauf saßen. Jetzt sieht man nur noch Beton und Container.

Er Der Fortschritt fordert Opfer. Beton ist das A und O.

Sie Gehst du mal die Zeitung holen, ich räum ab. Dann rauchen wir gemütlich eine. Vielleicht ist was im Radio… *(Er rutscht über die Sender, aus dem Radio ertönt Joan Baez: »We shall overcome someday«)* Das ist gut.

(Türengequietsch, Stühlerücken, Tellerklappern)

Er *(Schritte)* Nichts besonderes. Wieder mal sind alle Mitglieder und Kandidaten des Politbüros abgebildet. Irgendsoeine Tagung. Ich kann mir nicht helfen, aber sie passen auf jeden Steckbrief, rein äußerlich. So wie Mielke stelle ich mir die Maffia-Bosse vor. Wenn ich dessen Konterfei sehe, muß ich immer an die zwei Herren in den Lederolmänteln denken, damals in der Zionskirchstraße. Die hatten tatsächlich gefragt, ob ich nicht meinen Namen ändern will. Breslauer passe doch nicht zur Oder-Neiße-Friedensgrenze. Sie würden mir zu einem anderen Namen verhelfen.

Sie Und was hast du gesagt?

Er Königsberger Klopse heißen jetzt ja auch nicht Kaliningrader.

Sie Es ist schon komisch, wenn einer aus Breslau kommt und Breslauer heißt.

Er Was ist daran komisch? Es gibt Berliner, die Berliner heißen. Es gibt einen Schlagersänger, der Deutscher heißt, oder er nennt sich so.

Sie Die »Cabinett« werden auch immer schlechter, ganze Strünke sind drin. Du bist ja auch kein Schlagersänger. *(sie hustet)*

Er Rauch nicht so viel, besonders am Morgen. Du bist keine Frau, sondern eine Dampfmaschine.

Sie Dafür paffst du abends und nachts eine nach der anderen.

Er Ohne Retourkutsche kommst du nicht aus. Hätte ich mich vielleicht Demitz-Thumitzer nennen sollen?

Sie *(kichert)* Das fehlte noch.

Er Wieso?

Sie Ich fand es schon komisch, als ich dich fragte, wo du herkommst.

Er Das fanden alle komisch,

Sie Und stell dir vor, du hättest gesagt, ich komme nicht nur aus Demitz-Thumitz, sondern heiße auch noch Demitz-Thumitzer oder Demitzer-Thumitzer. *(beide lachen, lachen sich fast in einen Lachkrampf)*

Er Ist das blöd, schön blöd.

Sie *(plötzlich weinerlich)* Es ist alles schrecklich.

Er Was denn, Schnäuzchen? Die Sonne scheint durchs Fenster, du hast Geburtstag…

Sie Daß mein Vater seine Enkelkinder nicht mehr sehen konnte.

Er Dafür hat er noch vier Jahre am Schalter seiner geliebten Dresdner Bank in Krefeld gesessen. Komm, denk jetzt nicht dran.

Sie Nach der Wismut haben sie ihn in Dresden wieder nicht an den Schalter seiner geliebten Bank gelassen, haben ihn nach Wustermark als Bauleiter geschickt. Das kann kein anderer als Alwin, der Aktivist. Wieder von der Familie getrennt. Diese gottverdammten Idioten! Er hat ihnen eins gehustet und ist in den Westen abgehauen, hat mit Mitte 50 alles stehen und liegen lassen.

Er Reg dich bitte nicht wieder auf.

Sie *(heult, wird hysterisch)* Und den Kehlkopfkrebs hat er dem Scheiß-Uran in der Wismut zu verdanken, das die Russen rausgeschleppt haben. Sie haben die Leute ausgebeutet und vor die Hunde gehen lassen.

Er Er hätte doch dort nicht arbeiten müssen. Es hat ihn keiner dazu gezwungen.

Sie Ach, hör schon auf! Sie haben ihn nach der Gefangenschaft noch nicht mal auf eine Lokomotive gelassen.

Er Was hätte er da gewollt, als Bankbeamter?

Sie Und was hat er in der Wismut gewollt? Geld verdienen.

Er Es ist schon alles unheimlich beschissen, wie einer meiner Helden in einem meiner nicht zustandegekommenen Filme zu sagen pflegte.

Sie *(mit kalter Wut)* Und dann dieser blöde Vopo, als ich zur Beerdigung wollte: »Sie können ja die Urne nach Dresden überstellen lassen, um ihn in der Heimat zu beerdigen.« Und das in Sächsisch.

Er Ich weiß das noch alles. Ich hätte mich ja bald vergessen und ihm eine gescheuert.

Sie *(schneuzt sich)* Ja, beinahe.

Er Was meinst du, was passiert wäre, wenn ein Angestellter der DEFA...

Sie Damals warst du noch nicht bei der DEFA.

Er Richtig! Noch schlimmer! Wenn ein Angestellter des Deutschen Fernsehfunks einem Volkspolizisten eine geklebt hätte. Bloß, was nützt das alles jetzt?

Sie Ist ja schon gut, manchmal überkommt es einen eben.

Er *(klappert mit Gläsern)* Nimm einen Wodka zur Beruhigung. Ich genehmige mir einen Kali.

Sie Schon am Vormittag?

Er Nur zum Anstoßen. Also: Na zdorowje! Auf dich und deine Gesundheit, auf die Kinder, auf die Datsche!

Sie Wieso auf die Datsche?

Er Na, es ist gleich Ostern, da geht's bald wieder hin, nach Strausberg, Rehfelde.

Sie Du weißt, daß das ein ehemaliges Westgrundstück ist?

Er Wie kommst du jetzt darauf? Woher weißt du das?

Sie Ich habe immer gedacht, falls ich noch etwas von der Erbschaft meines Vaters kriege, könnte man es kaufen, aber es geht nicht, ich habe mich erkundigt.

Er Meinst du, daß dein West-Bruder an seine Ost-Schwester auch nur eine müde Mark rausrückt?
Sie Muß er eigentlich.
Er Muß er nicht.
Sie Wieso?
Er Dein Vater hat dich in die Ehe mitgebracht, deine Mutter ist deine Stiefmutter, du bist formal nicht adoptiert in der Ehe. Also nicht erbberechtigt. Dein Bruder ist der leibliche Sohn deines Vaters und deiner Mutter. Deine Mutter lebt noch, er erbt einmal alles. Du bekommst ein paar Päckchen Puddingpulver.
Sie: Woher weißt du das so genau?
Er Auch ich habe mich erkundigt. Kaufen ist so und so nicht drin. Aber wer soll denn kommen und uns das Pachtland wegnehmen?
Sie Wer weiß, für Devisen tut unser Staat alles.
Er Ach Quatsch!
Sie Ich habe immer so ein unsicheres Gefühl.
Er Laß uns noch mal anstoßen.
Sie Willst du mich blau machen?
Er Du verträgst doch was! Also, noch mal mit Gefühl: Auf dein Wohl! Dort hängt übrigens dein neuer Bademantel.

Sie Oh, das ist lieb. *(kichert)* Weißt du noch, wie es bei unserer ersten Hochzeit war? 1959 zum Heiligabend. Wir kamen mit dem Motorrad vom Standesamt Mitte, du im schwarzen Anzug, ich im Examenskostüm. Du hattest eine Girlande auf dem Beiwagen drapiert. Dann haben wir mit Tante Wanda einen gezischt und viel mehr weiß ich dann nicht mehr … Ach, ja, du wolltest doch von Tante Wanda erzählen.

Er Ja, neulich bei Kneipen-Paule haben sie von ihr berichtet. Sie war ein Unikum im Kietz. Jeder kannte sie. Bei Paule ist es jetzt schnieke. Er hat renoviert, neues Mobiliar, außen Leuchtreklame, kleiner Imbiß hinter Glasvitrinen, macht guten Umsatz, das Bier kostet immer noch 62 Pfennig das Pils, Helles 55.

Sie Bist du weitschweifig! Und Tante Wanda?

Er Ja, das hat mich an dem Abend fertig gemacht. Sie muß steinalt geworden sein, hat aber die Rekonstruktion der Zionskirchstraße nicht überlebt. Sie war zu Egon, dem Kellner, gezogen, vorübergehend, und soll immer in der Nr. 17 in ihrem alten Haus im Durchgang gestanden haben. Sie hat mit den

Handwerkern gewettert, daß alles so langsam geht. Und dann ist sie plötzlich umgefallen und war tot. Sie haben sie rüber zu Paule in die Kneipe getragen, der gerade aufgemacht hatte.

Sie Immer noch Paule?

Er Sein Sohn, so ein Dicker. Der saß früher oft am Stammtisch mit einem dicken Boxer, der immer sabberte und im Sitzen schlief.

Sie Der Sohn?

Er Nein, der Boxer. Der Sohn heißt auch Paule. Stell dir vor, Paul Lincke! Ich wußte nie, daß der Lincke heißt.

Sie Ja, und dann?

Er Was, dann? Ach so. Paule jun. erzählte, sie haben ihren Sarg auf den Hinterhof gestellt und alle haben eine Blume draufgelegt. Paule hat das so schön erzählt, daß wir alle zu Tränen gerührt waren. Und dann haben wir zusammen Tante Wandas Lied gesungen. Komm, ich schenk dir noch einen ein.

Sie Du bist verrückt! Prost!

(Beide zusammen singen:
»In Argentinien unter spanischen Alleen,
da tanzt es sich so wunderscheen«)

Er Auf Tante Wanda im Himmel, im Säuferhimmel! Siehste, jetzt kannste verstehen, daß ick keen Ärmelfutter mehr drin hatte. So wat versteht man nicht, wenn man nicht dabei war. *(wenn er leicht beschwipst ist, fängt er an zu berlinern)*

Sie Jetzt ist aber Schluß mit Schnaps. Heute Abend kommen noch Freunde und Kollegen. Hast du dich neulich in der Nacht mit Onkel Busse gestritten?

Er Ich brauch' noch'n Kali. Wie kommste denn jetzt drauf?

Sie Weil du ihn doch sonst so liebst, deinen alten Nenn-Onkel aus Breslau.

Er *(redet sich langsam wieder nüchtern)* Er ist ja auch eine einmalige Type, sieht aus wie ein radelnder Clochard, trägt meine alten Sachen auf, kann den halben »Faust« auswendig, würde am liebsten nach China auswandern, ist von einer überwältigenden Bedürfnislosigkeit. Er ist langsam wie eine Schildkröte, kann aber alles reparieren. Neulich hat er sogar den Keilriemen am Trabbi gewechselt und den Vergaser auseinander genommen, obwohl er noch nie ein Auto gefahren hat.

Sie Dazu ist er viel zu geizig.

Er Er bekennt sich dazu. Er nennt das Sparsamkeit. Vielleicht sind zwei Weltkriege schuld daran, die er überlebt hat.
Sie Er hält Frauen für niedrigere Wesen als Männer.
Er Seine Mutter hat ihn als Kind verstoßen. Er ist beim Großvater aufgewachsen. Wir hätten kein elektrisches Gerät, was funktionieren würde. Er repariert den Fernseher nachts um 3 Uhr, wenn kein Signal mehr drauf ist, und am nächsten Tag läuft er.
Sie Wer?
Er Der Fernseher! Du solltest auch keinen Wodka mehr trinken.
Sie Was du kannst, kann ich auch.
Er Na, bitte, alles bestens!
Sie Wo hat Onkel Busse eigentlich gearbeitet? Beim Fernsehen, das weiß ich.
Er Am Kamerazugpult, das sagt dir nichts. Er war fast 70, als er aufgehört hat und hätte weitermachen können. Er wurde oft belächelt, weil er nichts wegwarf, seine Wohnung ist ein einziges Ersatzteillager, naja als Witwer, eine Frau würde das nicht ertragen.
Sie Daß der eine Frau gehabt hat.
Er Als sie an Krebs starb, sagte er damals beim Fernsehen zu mir, eine allseitige

technische Hilfskraft habe ihn verlassen.

Sie Das hält man nicht für möglich.

Er Das war das höchste Lob, das er für sie hatte.

Sie Er ist ein Monstrum.

Er In meinen Augen nicht, er ist hilfsbereit, radelt herum und hilft alten Frauen, die nicht mehr können. Eine Art private Volkssolidarität.

Sie Und frißt sich durch.

Er Er nimmt kein Geld für seine Reparaturdienste. Ohne ihn wäre ich damals hilflos gewesen, als ich zum Fernsehen kam, keiner hat mir was erklärt. Er hatte unendlich viel Geduld.

Sie Und warum habt ihr euch neulich nachts gezankt?

Er Was heißt gezankt? Er hat gesagt, die Erfahrung seines ganzen Lebens lehrt ihn, daß der Mensch nicht für den Sozialismus taugt. Und er brachte viele Beispiele aus seinem Arbeitsbereich. Gleichgültigkeit, Schlamperei, Vergeudung von Volkseigentum … Nach Feierabend rammeln alle los wie die Kaputten, wenn es um die eigenen Interessen geht.

Sie Vielleicht hat er recht?

Er Ich wollte nicht, daß er recht hat. Dann müßte man auch die Pfarrer von der Kanzel jagen. Wann haben Religion und Kirche je die Menschen und die Verhältnisse gebessert?

Sie Das wollen die doch gar nicht. Es geht um einen guten Platz im Himmelreich. Im Sozialismus geht es um harte ökonomische Fakten.

Er Du wolltest mir immer mal das Gericht »Schlesisches Himmelreich« zubereiten. Hast du nie getan.

Sie Wir reden über Gott und die Welt, und du kommst mit so was – warum ist eigentlich beim Fernsehen nichts aus dir geworden?

Er Weiß der Kuckuck! Konnte ich wissen, daß der große W. U. ausgerechnet an diesem Abend den Fernseher einschaltet und sich das Stück ansieht. Außerdem war es von allen Instanzen abgenommen.

Sie Du hast es nur übersetzt.

Er Und bearbeitet.

Sie Wie hieß es doch gleich?

Er »Chaussee zum Großen Himmelswagen« von Julian Semjonow. Ich habe nur aus einem Stotterer einen gemacht, der nur in Losungen sprechen kann. Stottern gefiel mir nicht, war so ein individuelles Gebrechen. Als der große ZK-Minetti zusagte, die Rolle zu spielen, dachte ich, da kann nichts schiefgehen. Ja, Kuchenkleister!

Sie Und das hat dich aus dem Fernsehen befördert?

Er Ich bin von selber gegangen, aber ich kam nicht wieder rein, als ich von der Volksbühne zurückwollte. Das nennt man »einen Kaderast haben«. Keiner sagt dir warum, aber du bist nicht mehr erwünscht. Ich glaube nicht, daß das drüben anders ist.

Sie Aber da gibt es nicht nur eine Fernsehstation. In der DDR gibt es alles nur einmal. Und warum ist eigentlich aus deinem Gastspiel in Rostock keine Festanstellung geworden? Du hattest gute Kritiken mit dem Stück über den konterrevolutionären Überfall in der Schweinebucht von Kuba. Deine Übersetzung wurde auch gelobt. Du hast mir das nie erzählt.

Er Ja, was kann ich dafür, wenn einer mit Schminkstift in der Garderobe auf den Spiegel schreibt: 28 Vorhänge! Nachmachen, Herr Intendant Experten! Das hat er mir nicht verziehen. Prof. Experten war der Stalinist des DDR-Theaters. Du siehst, die

Fettnäpfchen stehen für mich bereit oder es treten andere für mich rein. Noch einen Wodka? Du schüttelst den Kopf? Das bedeutet: Ja. Und ein bißchen Musik dazu? *(er schaltet das Radio ein, Honecker spricht auf einer Tagung)* Akustisch ist der Mann für einen ehemaligen Linguisten eine Tortur. Er kann das Wort Deutsche Demokratische Republik nicht aussprechen. Wenn du genau hinhörst, sagt er nur: Ritsche-Ratsche-Blik.

Sie Hast du mal eine Rede von Mikojan im Original gehört? Jemals?

Er Ja, reiner Zufall. Der sprach Stenografie-Russisch. Die Kürzel waren nur für Eingeweihte. Ich dachte damals, der Lautsprecher in dem Hotel in Moskau hätte einen Wackelkontakt. Ja, der Sozialismus hat bedeutende Staatsmänner hervorgebracht.

Sie Der Kapitalismus aber auch. Heinrich Lübke aus der BRD soll einmal auf einem Staatsempfang in Afrika die Einheimischen als *(sie kichert)* »liebe Neger« angeredet haben.

Er Ja, das war ein Senilowitsch sondergleichen.

Sie Aber immerhin 10 Jahre Bundespräsident der BRD, oder irre ich da? *(Pause)* Ein

Wahnsinn, wie die Zeit rast. Eben bist du noch mit dem Motorrad nach Senftenberg geknattert und ich bin immer zu den Premieren hinterhergefahren. Meistens war ich Montag früh halbtot in der Schule.

Er Das war trotz allem auch eine schöne Zeit. Immerhin haben wir das Stück »Kohle« von Peter Hacks zur Uraufführung gebracht. Später am DT hieß es dann »Die Sorgen und die Macht«.

Sie Und du hast mitgespielt, als Glasmacher, der sich beim großen Hund erkundigt, wie man den Staat bescheißen kann, wie es die Kohlekumpel tun.

Er Du hast ein Langzeitgedächtnis! Das war doch nur ein Wurzen.

Sie Aber immerhin. Ich seh dich noch genau, wie du mit dem großen U.T. auf der Bühne gestanden hast.

Er Das ist lange her.

Sie Komm, wir legen uns noch ein Stündchen auf's Ohr, in unser schönes großes Schlafzimmer, sonst sind wir am Abend tot.

Er Außerdem kommen bald die Kinder aus der Schule und ich muß den Kleinen vom Kindergarten abholen. Die Blumen hole ich morgen.

Sie Noch ein bißchen Musik zum Einduseln.

(Türgeräusch, Stühlerücken)

Er In jedem Zimmer ein Radio, welcher Luxus! *(er rutscht über die Sender: Marlene Dietrich singt: »Sag mir wo die Blumen sind, wo sind sie geblieben, sag mir, wo die Männer sind, wo sind sie dahin«)*

Sie Ja, laß das, das ist so schön traurig.

Er Ach mein Schnäuzchen...

(Musikabblende)

(Musikaufblende: Steige hoch, du roter Adler. Majestätisch, mächtig. Eine ganze Weile.)

Sie Was jetzt alles so hochsteigt. *(schaltet ab)*

Er Der 29.9.92 ist ein seltsames symmetrisches Datum, einmal die 2, dreimal die 9 und wieder die 2. Etwas für Briefmarkensammler.

Sie Tatsächlich. Das ist mir noch gar nicht aufgefallen.

Er Das gibt es erst wieder am 39.9.93, einmal die 3, dreimal die 9 und nocheinmal die 3.

Sie Du Arsch!

Er Wieso?

Sie Es gibt keinen 39.9.

Er Ach so!

Sie Dieses symmetrische Datum gibt es nie wieder.

Er Eigentlich habe ich keinen Sinn für Zahlen.

Sie Wäre es dir auch aufgefallen, wenn es nicht dein 59. Geburtstag wäre?

Er Vielleicht nicht.

Sie Jahrgang 33.

Er Ich kann immer sagen: Das ist meine Rede seit 33.

Sie Du bist ein typisches Einzelkind.

Er Welche antifaschistisch gesinnten Eltern hätten danach noch guten Gewissens ein Kind machen können?

Sie Kinder werden immer gemacht, auch heute.

Er Kinder sind teuer.

Sie Was ist jetzt nicht teuer?

Er Guter Rat ist nicht teuer.

Sie Da irrst du, sieh mal in den Annoncenteil der Zeitungen. Guter Rat ist teuer wie nie.

Er Es hat aber keiner einen guten Rat.
Sie Wofür?
Er Für's Leben.
Sie Da gibt es so viele.
Er Wo?
Sie Na, in jeder Talkshow, in jeder Bundestagsdebatte.
Er Ach so.
Sie Die einfachsten Ratschläge haben die Rechten, die ganz Rechten.
Er Die schon immer Recht hatten?
Sie Dein Brecht, an dessen Theater du drei Jahre warst, was würde der dazu sagen?
Er Er hat schon gesagt.
Sie Was?
Er Der Schoß ist furchtbar noch, aus dem das kroch.
Sie Und was würde er über uns sagen?
Er Hat er auch schon gesagt: Ihr aber, wenn es so weit sein wird, daß der Mensch dem Menschen ein Helfer ist, gedenkt unserer mit Nachsicht.
Sie Ist es so weit?
Er Weniger denn je. Die Menschen können sich nicht helfen, sie stehen sich im Wege.
Sie Wie meinst du das?
Er Arbeitslose stehen sich immer im Wege.

Sie Die sozialistische Alternative ist in sich zusammengebrochen.

Er Das war keine sozialistische Alternative, das war höchstens ein langer Streik gegen den Kapitalismus, der endlich gebrochen wurde.

Sie Und Honecker war eine Art Streikführer? ?

Er Es waren nicht die Klügsten, nicht die Besten. Da gibt es eine Negativauswahl, wie im Kapitalismus.

Sie Möchtest du Honecker vor Gericht sehen?

Er Er hat die beste Idee unseres Jahrhunderts mit zu Grabe getragen.

Sie Das erinnert mich an die Ehrenpräsidenten, die ins Präsidium gerufen wurden, obwohl sie schon tot waren.

Er Ich glaube, das habe ich verdrängt.

Sie Wozu sind wir noch nütze? Wir, die Lebenden?

Er In unserem Alter zu nichts. Du im Vorruhestand, keine Schule, keine Schüler, kein Russisch. Ich im Altersübergang, abgewikkelt, keine DEFA, kein Film. Für alles zu alt, zu grau. Der Preis für die Freiheit war zu hoch, meine ich. Neulich habe ich den alten

Bibliothekar vom slawischen Institut getroffen.

Sie Den putzigen Steckermeier? Was macht der jetzt?

Er Er scheint noch gut in Form zu sein, ist über 70, singt jiddische Lieder zur Laute in Kirchen. Er sagte, er hätte mich nur noch an der Stimme erkannt. Ich glaube, ich muß erst mal so alt werden, wie ich aussehe. Steckermeier sieht immer noch aus, wie der Steckermeier von damals.

Sie Was sagt eigentlich dein Vater zur Wende?

Er Du tust, als kennst du ihn nicht.

Sie Ich wohne ja schließlich seit über zwei Jahren nicht mehr bei dir.

Er Ah ja, aber da du oft da bist, vergesse ich das manchmal. Du hast dich prima aus der Schußlinie gebracht. Hast dir eine kleine bezahlbare Wohnung genommen. Scheiden lassen hast du dich auch wieder mal, noch vor der Wende. Das kann man wirklich keinem erzählen. Deine Experimente sind gescheitert, und jetzt kommst du wieder zu dem alten Trottel zurück. Ich muß das mal sagen. Und der freut sich sogar.

Sie Und du bist an allem unschuldig?

Er Ich kann diesmal meine Schuld nicht mehr finden. Oder ich habe sie einfach vergessen.
Sie Du vergißt so manches.
Er Ja, ich werde alt und vergeßlich
Sie Du machst dich älter als du bist.
Er Du hast mich alt gemacht.
Sie Du hast eine Weile zu viel getrunken.
Er Du nicht?
Sie Nicht ganz so viel.
Er Tja, mein alter Herr versteht die Welt nicht mehr. Er hat gelegentlich lichte Momente, er spricht nicht von den neuen Ländern, sondern von den neuen Kolonien. Honecker hat er gehaßt in der letzten Zeit. Es war wohl eine Art Klasseninstinkt. Seit ich 1986 seinen sterbenden Bruder in Albuquerque in den USA besuchen durfte, hält er mich für einen Spion.
Sie Für welche Seite?
Er Natürlich hält er mich für einen bezahlten Agenten des USA-Imperialismus. Seit dem Tode meiner Mutter putzt er ständig ihr Gebiß und bewahrt es in einem Wasserglas auf. Er wird einsam und tragisch sterben, in der Lausitz, in seiner AWG-Wohnung.
Sie Wohnt er noch allein?

Er Ja, und er scheint noch relativ gut zurechtzukommen. Er ist ja bloß 20 Jahre älter als ich.
Sie Bloß ist gut.
Er Wie es jetzt bei ihm aussieht, weiß ich auch nicht mehr. Vor einem Jahr hat er mich aus der Wohnung gejagt, wegen einer Lederoljacke, die ich ihm angeblich geklaut habe.
Sie Wo du auf Lederol so stehst!
Er Es hat mir nie von ihm irgendwas gepaßt. Viele dieser Altkommunisten werden jämmerlich zugrunde gehen, wie Mönche ohne Gott!
Sie Bedauerst du ihn?
Er Natürlich, ich würde nicht leben ohne ihn, aber es geht mir nicht allzu nahe. Er hat mich immer gehaßt. Er hat alle Intellektuellen gehaßt. Möchtest Du Kaffee?
Sie Gern.

(er setzt die Kaffeemaschine an, die bald anfängt zu blubbern)

Er Es ist zu warm in der Küche, ich mache das Fenster auf.

(Geräusch des Fensteröffnens, von draußen klingt Baulärm rein, Arbeitergebrüll: »Klotzt ran, ihr schlappen Säcke, genug gefaulenzt im Sozialismus, diese Betonscheiße kann hier nicht bleiben, Beton, der keiner ist, das ist Honecker-Quark. Hier muß neuer Beton her! Macht hinne! Ihr kriegt ihn ja nicht mehr hoch, ihr Pisser! Und die Buden taugen auch nichts mehr!« Stimme: »Kann dem nicht einer eins auf sein blödes Maul haun? Das geht einem ja auf die Ketten!«)

Sie bauen die »Tribüne« schon wieder um, jetzt kommt ein Fitness-Center rein, ein Dancing-Club und ein English-Teaching-Centre. Ich schätze, sie werden den Treptower Park bald in Central-Park Berlin umbenennen. Die Verhältnisse sind ja schon fast wie in Übersee. Übersee sagte meine Mutter oft, ach, könnten wir doch nach Übersee, jammerte sie nach 1945 immer. Sie hatte einen Jugendfreund, der nach Venezuela ausgewandert war... Ein Jude von reichen Eltern. Sie wäre dort sein Dienstmädchen gewesen.

Sie Weißt du, daß ich vor meiner Wohnung im Plänterwald ausgeraubt wurde?

Er Nein, woher soll ich das wissen. Wir haben uns eine Ewigkeit nicht gesehen. Der Kaffee ist fertig. Wir machen das Fenster lieber wieder zu. *(Geräusche und Tassenklappern)* Kuchen ist mir zu teuer, aber ich habe Kekse da. Früher haben sie sich im Westen über unsere lächerlich niedrigen Gehälter lustig gemacht, und jetzt haben sie diese lächerlich geringen Gehälter zur Berechnungsgrundlage für's ALÜG gemacht. Früher bekamst du ein Stück Kuchen für 40 Pfennige, jetzt für 2,40 DM.

Sie ALÜG?

Er Altersübergangsgeld. Jede Gesellschaft hat ihre Abkürzungen.

Sie Mein Gott, du bist der alte Egoist. Interessiert es dich nicht, ob ich zu Schaden gekommen bin?

Er Natürlich interessiert mich das.

Sie Der Hinterkopf tut mir immer noch weh. Du hättest mir helfen können, als ehemaliger Studentenboxer der HSC-Humboldt.

Er Hätte, wenn und aber. Ich hatte damals nur geboxt, weil ich Komplexe hatte und so dünne Arme. Sport interessiert mich nicht mehr. Für welche Mannschaft sollte ich jetzt schon sein? Außerdem geht es nur um Money, Money, Money!

Sie Ich glaube, die Politiker haben den Sport verdorben. Wenn die sich in die Tasche schaufeln, was sie nur können, warum sollen es die Sportler nicht auch tun? Wer kontrolliert eigentlich die Politiker auf Doping?

Er Ich muß immer an einen ehemaligen Schauspieler vom BE denken, der wegen seiner frechen Bemerkungen gefürchtet war, der sagte: Jetzt sind die Arschlöcher so groß, daß man sich nicht mehr bücken muß um reinzukriechen.

Sie Ach ja, der aufrechte Gang! Wir haben uns so lange nicht gesehen, weil du mit deinen PDS-Freunden in der Weltgeschichte rumkutschiert bist, Italien, Spanien, London…

Er Daß sie in der PDS sind, ist reiner Zufall, es sind vernünftige Leute, als du ausgezogen bist, haben sie mir sehr geholfen. Ich habe für sie gedolmetscht.

Sie Willst du nicht eintreten in die PDS?

Er Ich war früher nicht drin, warum sollte ich jetzt eintreten? Ich muß sehen, wie ich die große Wohnung halte, sie ist mein Biotop, das ist meine Hauptaufgabe!

Sie Man kann bei dir nicht mehr treten vor Büchern.

Er Ich muß endlich mal aufräumen. Sie schmeißen die ganzen Bibliotheksbestände auf die Straße. Das ist wie Bücherverbrennung. Wer hat dich überfallen?

Sie Zwei Jugendliche, einer kam von vorn, fragte etwas, was ich nicht verstand, und einer kam von hinten. Ich sah ihn nur kurz, ehe ich zu Boden ging, der eine war etwa 15, der andere 17.

Er Und woher kamst du?

Sie Von einem Treffen abgehalfterter Lehrer aus Baumschulenweg, sie hatten mich gegen 22 Uhr vor meiner Wohnung abgesetzt und sind weitergefahren.

Er Sie hätten warten müssen, bis du durch die Tür warst. Was waren das für Typen?

Sie Eindeutig Ausländer. Konnten kaum Deutsch, dunkellockig, südländisch. Die Spur führt in ein Asylantenheim für Jugendliche am Treptower Park. Mir wurden Fotos gezeigt, aber nach dem 20. Foto sah einer wie der andere aus.

Er Und die Polizei, dein Freund und Helfer?

Sie Ich könne von Glück reden, haben sie gesagt. Andere Beraubte kämen ganz anders angehinkt, teils sogar angekrochen.

Er Verstehe, das beruhigt.

Sie Gott sein Dank, habe ich die Tasche nächsten Tag im Gebüsch gefunden, die Papiere zerstreut, Geld natürlich weg.

Er Wieviel?

Sie 200.– DM.

Er Soviel trägt man nicht bei sich.

Sie: Es war Freitag, ich wollte etwas einzahlen auf der Post. Teil der Pacht und Strom für die Datsche.

Er Wir haben Glück, daß sich noch kein Westbesitzer gemeldet hat. Wenn ich mehr Geld bei mir trage, stecke ich es in die Brusttasche im Hemd. Das müssen sie mir dann schon vom Leibe reißen.

Sie Ihr Männer habt eben mehr Taschen an den Klamotten.

Er Das wäre doch eine Marktlücke: Diebstahlsichere Hemden!

Sie Ich kann das Wort »Markt« schon nicht mehr hören, oder gar »soziale Marktwirtschaft«.

Er: Es gibt keine »soziale« Marktwirtschaft, wie es früher kein Volkseigentum gab. Willst du einen »Sherry Cream« aus dem Discount-Laden? Für mich gerade noch erschwinglich.

Sie Ja, gern. *(Gläsergeräusche)*
Er Na dann, Cheerio!
Sie Auf deinen Geburtstag!
Er Ach ja ... glatt vergessen.
Sie Hast du schon gehört, daß sie den Palast der Republik abreißen wollen?
Er Sie werden versuchen, alles platt zu machen, was an die DDR erinnert. Das liegt in der Natur der Dinge, eine späte Rache an den Kommunarden.
Sie An welchen Kommunarden?
Er Ach, nur so, kann ich nicht begründen, nur historisch...
Sie *(ängstlich)* Geht es dir gut? Eigentlich heißt es ja heute: Bist du o. k.?
Er Noch einen Sherry? Völlig o. k.! Nur manchmal halte ich Selbstgespräche. Es fällt sonst nicht auf, nur beim Einkaufen im Supermarkt, aber da gibt es auch Verrückte.
Sie Wieso ist eigentlich die DDR untergegangen?
Er Was weiß ich! Die DDR, die sogenannte, hatte die sogenannte Arbeiterklasse verloren, es gab sie schon lange nicht mehr, nur noch das Axiom.
Sie Was ist das?
Er Etwas, was man nicht beweisen muß. Es

war zuviel auf Lüge aufgebaut. Erinnerst du dich noch, als wir über Mikojan sprachen. Wir fanden ihn nur komisch, nun stellt sich heraus, daß er auch ein Massenmörder war. Er hat den Befehl für die Erschießung von 20 000 polnischen Offizieren mitunterschrieben, nebst Woroschilow, hinter Stalin.

Sie Du hättest bei deinen Sprachen bleiben sollen. Du sprichst fließend Englisch, und Russisch, kannst dich im Polnischen und im Spanischen verständigen, kannst Französisch lesen, vielleicht hättest du da mehr Chancen zum Überleben gehabt. Tschechisch kannst du auch noch.

Er Das glaube ich nicht. Die Intellektuellen sind Emigranten im eigenen Land. Das nennt man Auswechseln der Eliten! Außerdem gibt es ein Heer stellungsloser Dolmetscher. Dazu das ganze Personal der Ex-Botschaften der DDR, die jahrelang in den Ländern gelebt haben, perfekt sind in der Sprachbeherrschung. Ich bin nicht perfekt.

Sie Du hast das wacklige Selbstbewußtsein eines kleinen Mannes.

Er Ich bin ein kleiner Mann. Wer ist eigentlich ein großer Mann?

Sie Einstein, Marx, Goethe…

Er Große Männer hatten meist auch starke Frauen an ihrer Seite. Wieso hast du dich eigentlich ein zweites Mal scheiden lassen?
Sie Immerhin bist du in die Literatur eingegangen. Fritz Rudolph Fries hat dich zur Romanfigur gemacht, in seinem Roman »Die Väter im Kino«. Zugegeben, etwas bizarr, aber in dem Dramaturgen Hiob erkennt dich jeder.
Er Wieviele lesen das schon? *(Pause)* Und dann dein Anwalt, wie hieß er doch gleich? Hat denselben Vornamen wie ich, war mal kurzzeitig Justizminister der DDR, wollte mich zum Schädling an der DDR stempeln, zu einem, der Kulturgüter in den Westen verschiebt, nur weil ein Buch vom Zoll zurückgekommen war, das ich an Freunde geschickt hatte. Es war älter als 50 Jahre. Wie hieß es doch gleich?
Sie »Als der Großvater die Großmutter nahm«, eine Gedichtsammlung.
Er Warum hast du das nur getan?
Sie Was?
Er Ihm den Zollzettel gegeben. Du warst auf einem furchtbaren Egotrip mit Spätemanzipationsschub. Du hättest dein Leben an meiner Seite vergeudet. Habe ich

nicht auch mein Leben an deiner Seite vergeudet? Habe ich nicht alles mitgetragen, Haushalt und Kinder? Ich habe mich ja schon entschuldigt, daß ich keine Kinder zur Welt bringen kann. Wir haben alle unsere Unzufriedenheit mit der Gesellschaft am Partner abreagiert. *(es klingelt)* Ich erwarte einen potentiellen Untermieter. Nimm dir einen Sherry, such dir was im Radio.

(Türgeräusch, sie rutscht über die Sender, bleibt bei den Scorpions »The Wind of Change«.)

Er *(kommt gleich zurück)* Wieder nichts. Er raste durch das Zimmer, durchs Bad, warf einen Blick aus dem Fenster und sagte: Das ist mir zu weit von der FU entfernt. Ein Student, ein Riese, 1.94 nach eigener Aussage. Hätte er schon ein halbes Jahr gesucht, hätte er das Zimmer vielleicht genommen, aber er finge ja erst an zu suchen. Die Küche wollte er gar nicht sehen. Merke auf: Wessis sagen selten, was sie denken. Statt zu sagen: Das Zimmer gefällt mir nicht oder so. – Wie geht es eigentlich den Enkelkindern?

Sie Gut, sie wissen kaum noch, daß sie Großeltern haben. Hattest du nicht schon einen Untermieter?

(darunter liegt die ganze Zeit »The Wind of Change«)

Er Ja, der ist vorige Woche weg, ohne zu zahlen, hat auch die Schlüssel mitgenommen, er saß immer besoffen in meiner Küche, ein junger Arbeiter aus Hessen, pflaumte mich an *(versucht den hessischen Dialekt nachzuahmen)* Sagen sie, Herr Breslauer, wollen wir ä bissel schwätzen? Haben sie noch ein Bier, das würde mir fein schmecken. Waren sie auch so ein überzeugter DDR-Kommunist? – Ich hab ihn einfach in der Küche sitzen lassen. Das Bier hat er sich selber aus dem Kühlschrank genommen. Wenn mir das einer vor 5 Jahren gesagt hätte, für den hätte ich den Notarzt gerufen. Es war aber auch schon mal einer hier, der hat 2 Monate hier nicht gewohnt und doch bezahlt. Merke: Wessi ist nicht gleich Wessi.
Sie Meinst du, ich geh gern Putzen, Babysitten und Nachhilfeunterricht geben? Dabei

bin ich froh, wenn ich kann. *(Pause)* Was schlägst du denn vor?

Er Ich würde Prämien zahlen für Leute, die freiwillig den Löffel abgeben, damit die anderen eine Chance haben. Heldentod für Aufschwung Ost!

Sie Irgendwie wirst du mir unheimlich.

Er Wieso? Das wäre der Tarpejische Felsen der Jetztzeit. Ich glaube, mich holt meine Breslauer Zeit wieder ein. Ich werde dort landen, wo ich geboren bin, im Asyl für Obdachlose, oder dicht daneben. *(er summt die Melodie von »The Wind of Change« mit)* Was hat uns dieser Wind des Wechsels eigentlich gebracht? Ist die Welt friedlicher geworden, seit der Sozialismus zusammengebrochen ist? Die Horrormeldungen aus aller Welt sind kaum noch zu ertragen. Die Tagesschau ist inzwischen das reinste Horror-Reality-TV, dazwischen die Kitsch-Serien mit dem unerträglichen Sunday-Humanity-Be-Happy-Glamour!

Sie *(um ihn abzulenken)* Warst du wieder mal im Kino?

Er Ja, doch. Neulich. Kann ich dir empfehlen. Ein bemerkenswerter Film, ein ganz unspektakulärer Titel: »Grüne Tomaten«, eine

Kritik hat mich aufhorchen lassen.
Sie Von Frau Bolland-Noris? Mein Gott, kannst du böse Blicke werfen!
Er »Grüne Tomaten« ist eigentlich ein ganz phantastischer Film, gute Kamera, gute Schauspieler, ich habe geweint und gelacht, ja, ich schäme mich nicht, das einzugestehen. Vielleicht war ich auch etwas angeschlagen. Eine ungewöhnliche Dramaturgie, hätte ich nie vorschlagen dürfen, natürlich auch nicht billig der Film, eigentlich ein männerfeindlicher Film. Die meisten Männer sind irgendwie Idioten oder Halbidioten, aber das hat mich nicht gestört. Also die Geschichte ist die: Ein dicker Mann und eine dicke Frau, die Frau hat in »Misery« die Hauptrolle gespielt, wollen im Krankenhaus eine Tante besuchen oder so. Jedenfalls schmeißt die Tante die dicke Frau aus dem Krankenzimmer, und sie begegnet im Wartezimmer einer alten Dame, die hat, glaube ich, in »Mrs. Daisy und ihr Chauffeur« die Hauptrolle gespielt, und die alte Dame fängt an, der jungen, unglaublich dicklichen und dümmlichen Frau, so erscheint sie am Anfang, ihre Lebensgeschichte zu erzählen. Dann läuft der Film auf zwei Gleisen weiter, wobei natür-

lich die Vergangenheitsgeschichte der alten Frau, weil sie eine ganze Epoche umfaßt, viel gewichtiger ist. Stilistisch geht das eigentlich nicht zusammen, aber man bleibt dran als Zuschauer. Natürlich wartet man auf den nächsten Krankenbesuch und auf die Fortsetzung der Geschichte der alten Dame … oder sagen wir so: man könnte sich die Vergangenheit als Film auch ohne die Gegenwartsgeschichte denken, obwohl dann wieder etwas fehlen würde...

(er redet und redet und redet, die Melodie von »Wind of Change« wird immer stärker, der Musiktitel verzerrt sich, wird dissonant, langsam und allmählich entsteht daraus immer deutlicher und stärker die Melodie der Nationalhymne der BRD »Einigkeit und Recht und Freiheit«. Der Text muß deutlich werden, geht dann über in den Text: »Deutschland, Deutschland über alles, über alles in der Welt«. Vielleicht kurz nur, aber deutlich hörbar. Dann Abspann und —)

–ENDE–

Verlagsanschrift:
Verlag Wiljo Heinen
Franz-Mehring-Platz 1
10243 Berlin

www.verlag-wh.de

Der Umschlag zeigt eine Fotomontage unter Verwendung eines Fotos von Manfred Hocke im Karl-Marx-Haus, Trier; fotografiert hat ihn Rosemarie Hocke.

Der Text ist aus der Adobe Caslon Pro gesetzt.
Umschlaggestaltung und Typografie: Wiljo Heinen.
Druck und Weiterverarbeitung: UAB »AJS spaustuvė«, Litauen.
Printed in the EU.

»Heimatsüchtig« hat die

ISBN 978-3-939828-44-0

Bibliografische Information der Deutschen Nationalbibliothek
Die Deutsche Nationalbibliothek verzeichnet diese Publikation in der Deutschen Nationalbibliografie; detaillierte bibliografische Daten sind im Internet über http://dnb.d-nb.de abrufbar.